탐조일기

탐조일기

글·그림 삽사롱

카멜북스

목차

1부

BONUS

1부

언제부터 탐조를 하게 되었을까. 새를 좋아하게 된 이야기부터 시작하자.

우리 동네에는 공원 두 개를 가로지르는 하천이 있다.

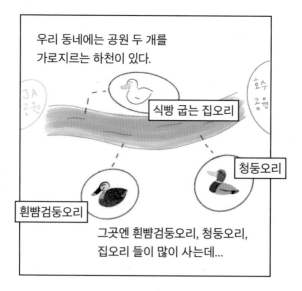

식빵 굽는 집오리

청둥오리

흰뺨검둥오리

그곳엔 흰뺨검둥오리, 청둥오리, 집오리 들이 많이 사는데...

어렸을 적 엄마 아빠와 호수공원에 가면 오리들과 딱 한 마리밖에 없었던 거위와 놀 수 있었다.

경계심 없이 인파 속에 섞여서 돌아다니는 새들

거위는 오리들과도 사이가 좋아서 아기 오리를 데리고 같이 헤엄을 치기도 했다.

아줌마 헤엄 잘 치지?

가족의 일원으로 받아들여진 듯했다. 그렇게
10년 넘게 공원에서 살다 무지개다리를 건넜다.

나는 동물을 아주 좋아하
는 어린이였다. 아무래도
그 시절에 이미 *새며들었
던 것 같다.

손목시계 그림도
오리 모양이었음

*새며들다: 새에게 스며들었다는 뜻

'뷰' 하고 내민 듯 생긴 새의 부리가 정말 귀엽다. 깜찍한 날개도.

아기 뱁새

그러던 어느 날, 한 아기 새를 만나면서 탐조에 대해 알게 되는데...

몇 년 전 여의도공원에서 있었던 일이다. 짹짹
거리는 소리와 함께 새들이 싸우는 모습이 보
였다.

까치가 직박구리의 둥지를 공격했고, 그때 아
기 직박구리가 차도로 떨어졌다.

근처에 있던 모두가 화들짝 놀랐다. 시민 한 분이 아기 직박구리를 담벼락 위로 올려놓아 주셨다.

아기 직박구리는 다리가 부러진 모양이었다. 그대로 내버려 두면 안 될 것 같았다.

또 공격받으면 죽을 수도 있을 텐데…

당황한 나는 페이스북으로 도움을 요청했다. 야생동물구조센터로 인계하라는 답변을 받았다.

하필 주말이었던 터라 문을 연 곳이 별로 없었고, 우여곡절 끝에 서울시에서 구조하러 오겠다고 했다.

우리는 직박구리 곁에서 다친 곳이 더 없는지
지켜보고 있었다. 직박구리를 만지지는 않았다.

까치와 싸우던 어미 새는 근처에 와서 어쩔 줄
몰라 하고 있었다.

그러던 중 어미 새가 아기 새를 불러 데려가 버렸다. 아기 새는 제대로 날지 못했지만 어미가 부르는 쪽으로 힘겹게 움직였다.

순식간에 아기 새가 사라져 당황한 우리는 근처를 샅샅이 찾아보았지만 이미 어미를 따라 안전한 곳으로 간 것 같았다.

결국 서울시에 다시 전화를 했고, 종종 그런 일이 발생한다는 설명을 들었다. 새를 만지거나 데려가면 안 된다는 말씀도 하셨다.

잘못하면 아기 새 납치가 될 수 있습니다.

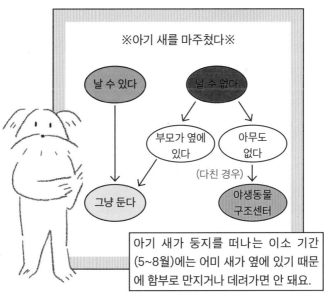

※아기 새를 마주쳤다※

날 수 있다

날 수 없다

부모가 옆에 있다

아무도 없다

(다친 경우)

그냥 둔다

야생동물 구조센터

아기 새가 둥지를 떠나는 이소 기간 (5~8월)에는 어미 새가 옆에 있기 때문에 함부로 만지거나 데려가면 안 돼요.

응애… 나 애기 구스트…

짧은 시간이었지만 '구스트'라고 이름도 지어 주었다. 그 뒤로 며칠 동안 구스트 생각을 했다.

지나가는 직박구리가 눈에 들어오고 야생 조류에 관심이 깊어질 즈음 탐조라는 취미가 있다는 걸 알았다.

마침 그다음 해에 휴학을 했고, 시간도 많겠다,
대학연합야생조류연구회에 가입하기로 했다.

전 신입이지만
고학번 입니다

나는 새에 미쳤다

그렇게 진성 탐조의 세계로
빠져들게 되는데...

탐조 뉴비를 위한 튜토리얼

새에게 관심이 생겨서 탐조를 하고 싶으시군요!
당신의 탐사 열정을 칭찬합니다!
그럼, 탐조를 위해서는 무엇이 필요한지 알아볼
까요?

Lv1. 탐조 스타터

가장 먼저, 새를 알아보기 위한 '도감' 과 새를 관찰하기 위한 '쌍안경'이 필요 합니다.

도감은 휴대하기 좋은 것, 사진 이 있어서 공부하기 좋은 것, 이렇게 두 종류를 추천합니다.

한국의 새

야생조류 필드가이드

주머니 사정이 여의치 않다면 자신에게 맞 는 도감으로 한 종류만 선택하세요. 오프 라인에서 직접 보고 사는 걸 추천합니다.

쌍안경은 10만 원 내외의 것부터 시작하면 좋습니다. 배율은 8배율을 추천합니다. ▼

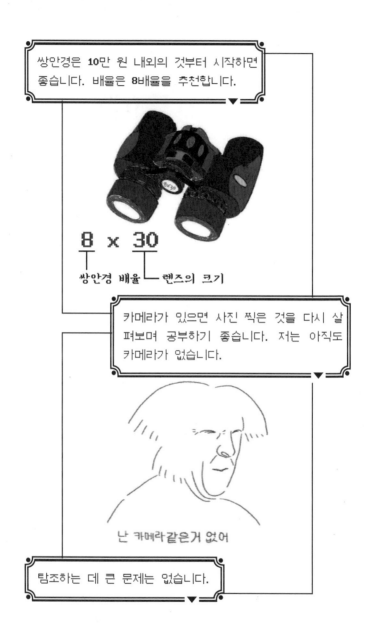

8 x 30

쌍안경 배율 ┘ └ 렌즈의 크기

카메라가 있으면 사진 찍은 것을 다시 살펴보며 공부하기 좋습니다. 저는 아직도 카메라가 없습니다. ▼

난 카메라같은거 없어

탐조하는 데 큰 문제는 없습니다. ▼

그럼 이제 필드로 나가 봅시다!

탐조를 시작하기 좋은 곳은 동네 공원이나 뒷산입니다. 익숙한 공간이기 때문이지요.

자세히 관찰하다 보면 귀여운 친구들을 많이 만난답니다.

동네 탐조에 익숙해졌다면 지역의 소문난 탐조 명소로 가 봅시다. 주로 검색창에 '지역 이름+탐조'라고 입력하면 많은 정보가 나옵니다.

서울 지역에서는 궁과 능, 수목원을 추천해요.

창경궁의 귀요미 아기 원앙♡♡

되도록 그날 본 새들의 이름을 기록해 두세요. 이걸 '야장'이라고 합니다. 어떤 새인지 잘 모르겠다면 현장에서 새의 특징을 적어 둡니다.

눈이 똥그랗고... 노랗고... 올빼미과...

적는 중

휴대폰으로 녹음을 하거나 디지스코핑을 할 수 있다면 더 좋습니다. 디지스코핑이란 쌍안경에 휴대폰 카메라 렌즈를 대고 촬영하는 것을 말합니다.

① 쌍안경 렌즈에 맞춰

② 휴대폰 카메라 렌즈를 갖다 대요

마음먹은 김에 오늘부터
탐조하러 출발해 볼까요?

기본 탐조의 정석

용   어

동 정

새의 종을 알아내는 일. 국어사전에서는 "생물의 분류학상의 소속이나 명칭을 바르게 정하는 일"이라고 명명하고 있다.

◯ 이 새 동정해주세요

비오리· 채택률 90% · 마감률 99%

👤 호랑지빠귀님 답변
고수

화질구지네요

종 추

(신)종 추(가). 즉, 이제까지 보지 못했던 새를
처음으로 본 것.

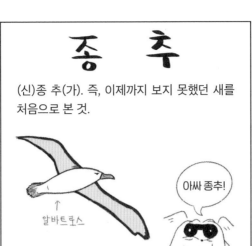

↑
알바트로스

아싸 종추!

육 추

새들이 알에서 깬 새끼를 육아하는 일.

다른 종의 둥지에 알을 낳아 육아를
위탁하는 일부 조류의 습성은 '탁란'
이라고 한다. 뻐꾸기가 대표적.

이 소

날 수 있을 정도로 자란 아기 새가 둥지를 떠나는 것.

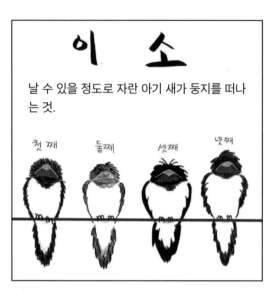

첫 째   둘째   셋째   넷째

미 조 vagrant

길 잃은 새로, 서식지나 이동 경로를 벗어나 엉뚱하게 나타난 새.

야　장

탐조 시 본 새와 장소, 날씨, 시간, 느낌 등을 적
은 기록.

탐조를 할 때는 새를 최대한 배려해야 한다. 새는 예민한 생물이기 때문이다.

종마다 허락하는 거리에 차이는 있지만, 웬만하면 너무 가까이 가지 않는다.

시끄러운 소리를 내거나 몸동작을 크게 해서 새를 놀라게 하지 않는다.

*버드 콜링을 하지 않는다. 버드 콜링은 새의 경계심을 자극해 모든 힘을 방어하는 데 쓰게 만든다. 새가 스트레스를 받으면 번식이 어려워질 뿐 아니라 생명에도 위협적이다.

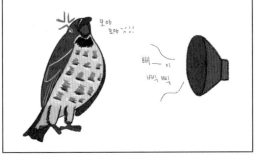

*버드 콜링(Bird Calling): 번식기에 같은 종의 새소리를 틀어 새를 부르는 일

새가 보이지 않을 때는 새소리가 들려오는 방향을 집중적으로 훑는다. 새소리를 알아 두면 어떤 종인지 유추할 수 있다.

과(科)마다 다른 실루엣을 익혀 두는 것도
좋다. 단번에 동정하기는 힘들더라도 특
정 실루엣을 보고 종을 유추할 수는 있다.

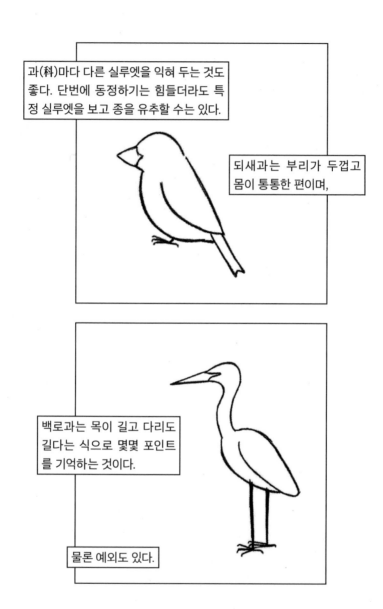

되새과는 부리가 두껍고
몸이 통통한 편이며,

백로과는 목이 길고 다리도
길다는 식으로 몇몇 포인트
를 기억하는 것이다.

물론 예외도 있다.

종마다 선호하는 서식지도 달라서 도감이나 다른 탐조인의 사진을 통해 알아 둘 것을 권한다. 예컨대 바람까마귀는 조릿대를 좋아하고,

민댕기물떼새는 얕은 물을 선호한다. 이런 것들을 알아 두면 탐조할 때 어느 방향을 살펴야 할지 판단할 수 있다.

새의 행동과 선호하는 먹이를 알아 두는 것도
좋다. 도요들은 겉보기에 비슷하게 생겼지만
먹이 활동이 종마다 제각각이다.

민물도요는 갯벌을
부리로 콕콕

넓적부리도요는 갯벌 얕
은 물을 이리저리 젓고

쇠청다리도요는 수면에 부리를 살짝 담근다.
멀리 있어 동정이 어려울 때 행동 위주로 관찰
하며 종을 유추해 보는 것이다.

혼자 있는 어린 새는 함부로 주워 가지 않는다.
대부분 부모 새가 근처에서 지켜보고 있다. 심
하게 다친 경우에만 야생동물센터로 인계한다.

아가야...

← 줄지에
아기새 납치됨

가장 중요한 것은 탐조 기록. 사진이나 야장 등으로 기록해 두면 내가 어떤 새를 보았는지 복기하기 좋다.

탐조 중에는 휴대폰에 가볍게 기록

나는 카메라가 없어서 만화를 그리게 되었다.

탐조 후에는 사진과 새들의 특성 정리

'네이처링'과 'e-bird'라는 앱을 통해 해당 지역에 살고 있는 새와 생물종을 기록하면 생태계 데이터화에 큰 도움이 된다.

내가 본 생물종을 통계 내 주는 건 덤!

탐조 환상 vs 현실

본격적인 탐조를 위해서 장비는 필수적이다. 동네 탐조의 경우 맨눈으로 할 때도 있지만 탐조에 재미를 붙이다 보면 쌍안경 없이는 동정하기 힘들 때가 있다.

카메라를 제외한 탐조 장비(광학기기)로 쌍안경과 필드스코프(망원경)가 있다. 둘 다 있으면 좋지만 보통 먼저 구비하는 장비는 쌍안경이다.

쌍안경은 크게 접안렌즈와 대물렌즈가 어긋난
'포로(Porro) 프리즘 쌍안경'과

선명하고 넓은 시
야로 볼 수 있음

접안렌즈부터 대물렌즈가 일직선인 '루프
(Roof) 프리즘 쌍안경'이 있다.

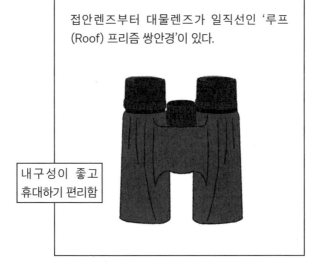

내구성이 좋고
휴대하기 편리함

8 X 30

배율   구경

쌍안경에서 이렇게 숫자 곱하기 숫자로 표현하는 것은 다름 아닌 성능이다. 앞자리 수는 배율을, 뒷자리 수는 대물렌즈의 지름(구경)을 뜻한다.

배율이 10이면 10배 확대되어 보인다는 뜻이다. 배율이 높을수록 새를 크게 볼 수 있지만 잘 흔들리고 시야각이 좁아진다.

탐조하기 좋은 배율은 보통 7에서 10 사이이다.

쌍안경은 접안렌즈에서 15~18mm 정도 눈을 떼고 보는데, 이때 눈으로 빛이 들어온다. 빛이 많이 들어올수록 선명하게 보이기 때문에 대물렌즈 지름이 크면 더 잘 보이게 된다.

접안렌즈

15~18mm

다만 너무 크면 무겁다. 들고 다니기 적합한 사이즈로 30~40mm를 추천한다.

접안렌즈 부분에 달린 아이컵(eye cup)은 안경을 착용했다면 완전히 닫아 주고, 착용하지 않았다면 자신의 눈에 맞게 조절한다.

아이컵

완전히 닫은 상태

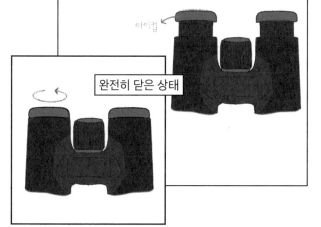

그다음 쌍안경의 초점을 시력에 맞게 조절하면 된다.

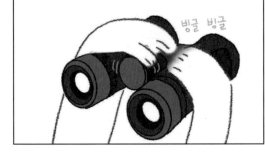

필드스코프로는 멀리 떨어진 물새를 관찰하기 좋다. 굴절 필드스코프는 일반적으로 서서 보기에 편하고, 직선 필드스코프는 앉거나 흔들리는 차량에서 사용하기 좋다.

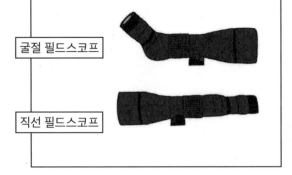

굴절 필드스코프

직선 필드스코프

필드스코프는 쌍안경과 다르게 배율을 조절할 수 있다. 접안렌즈를 보며 초점과 배율을 맞추면 선명히 보인다.

그리고 광학기기와 스마트폰을 결합하면 멋진 카메라로 만들 수 있는데...

새의 사진을 찍어 두면 새들의 특징을 기억하고 공부하기 좋다. 나는 카메라가 없기 때문에 '디지스코핑'이라는 방법을 쓴다.

디지스코핑

Digiscoping 하는 법

준비물은 스마트폰, 쌍안경, 필드스코프.

쌍안경편 쌍안경의 접안렌즈에 스마트폰 카메라 렌즈를 맞춘다.

초점이 맞으면 줌을 당겨서 피사체에 맞추고 찍는다.

필드스코프도 마찬가지로 접안렌즈에 스마트폰 카메라 렌즈를 맞추고 찍으면 된다.

필드스코프와 스마트폰을 연결해 주는 어댑터도 있다. 자신의 스마트폰과 필드스코프 구경에 맞는 어댑터를 구해 보자.

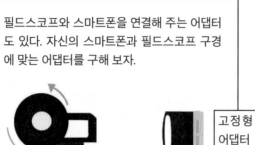

고정형
어댑터

회전식
어댑터

그렇게 촬영한 디지스코핑
결과물.

도요 만남의 광장

우수에 찬 새호리기

냠냠 꼬까도요

게 잡아먹는
알락꼬리마도요

딱다구리과

오색딱따구리   큰오색딱따구리

박새과 삼총사

박새
-넥타이 함
-14cm*

쇠박새
-까만 턱받이
-12cm*

진박새
-아톰 머리와 뒷부분 탈모
-11cm*

*새의 몸통 길이

탐조를 시작할 때 자신이 사는 동네부터 둘러
보면 더 재미있다.

매일 지나는 곳이 완전히 색
다르게 보이고, 이런 새들이
살았나 새삼 놀라게 된다.

나는 동네 탐조를 통해 텃새인 밀화부리가
여름에는 뒷산에 갔다가 겨울이 되면 주거지
주변으로 내려온다는 사실을 알게 됐다.

그러다 타 지역으로 탐조를 가면 눈에 띄는 종이 달라진다. 자주 다녔던 수도권 탐조지를 소개해 본다.

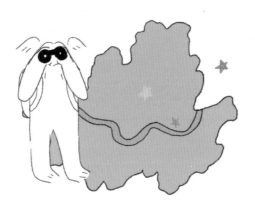

먼저 창경궁. 탐조 추천 계절은 봄여름이다. 접근성도 좋고 새가 안 보이더라도 산책하기 좋다.

볼 수 있는 종

원앙 가족

물총새

황여새

구리의 동구릉은 겨울에 추천한다. 근처에
맛있는 중국집도 있다.

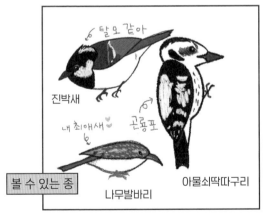

탈모 같아

진박새

내 최애새 🖤

곤룡포

볼 수 있는 종

나무발바리

아물쇠딱따구리

서울숲은 가을 겨울에 좋다. 산책하며 한 바퀴 돌면 많은 새를 만날 수 있다.

가을의 서울숲…

볼 수 있는 종

흰머리오목눈이

검은머리방울새

청딱따구리

대학연합야생조류연구회(이하 '야조회')에 들어가고 첫 탐조로 우포늪에 갔다. 우포늪에서 그리 멀지 않은 곳에 숙소가 있었다.

우포늪에는 반딧불이도 살아서 반딧불이와 관련된 상호명과 테마 공간이 많다.

우포늪은 새들의 로데오 거리이자 메인 스트리트다. 모두 다른 종이 옹기종기 모여 있는 게 귀엽다.

서로 배척하지 않고 다 같이 평화롭게 쉬는 모습에 마음을 빼앗겼다. 첫 탐조에서 내가 가야 할 길은 이거구나 싶었다.

우포늪 가는 길에 사지포제방이 있다. 연꽃이
많아서 물꿩 서식지로 적합한 곳이다

나타나 주세요.

나는 아쉽게도 보진 못하고 소리만 들었다.

Peekaboo!

그즈음 따오기를 방사했다는데 야생에서 마주
치진 못했다.

동요 <따오기> 속 따오기는 '검은댕기해오라기'라는 의견도 있다.

따오기의 탈을 쓴..
검댕해

따오기는 겨울 철새라 번식기의 울음소리를 한반도에서 듣긴 어렵다. 검은댕기해오라기의 울음소리가 따오기와 비슷해 예전에는 따오기라 불렸다고.

첫 탐조에 이틀 동안 4만 보를 걷고 몸살이 났다. 그 후로 계속 탐조를 다니면서 체력이 좋아진 걸 느낀다.

Before

After

우포늪에서 본 새들

꿩	쇠물닭	오색딱다구리	개개비
원앙	물꿩(S)	청딱다구리	뱁새
청둥오리	멧비둘기	때까치	찌르래기
흰뺨검둥오리	집비둘기	물까치	되지빠귀
검은댕기해오라기	뻐꾸기	까치	흰배지빠귀
왜가리	소쩍새(S)	큰부리까마귀	딱새
중대백로	솔부엉이(S)	박새	참새
중백로	파랑새	쇠박새	노랑할미새
쇠백로	물총새	제비	알락할미새
황조롱이	후투티	오목눈이	꾀꼬리
새호리기	쇠딱다구리	직박구리	밀화부리
붉은배새매	큰오색딱다구리	휘파람새(S)	

총 47종+야생 동물(고라니, 멧토끼)

*새 이름 뒤에 붙은 (S)는 소리(Sound)만 들었다는 표시

65

새를 좋아한다고 하면 꼭 듣는 질문 두 가지가 있다.

첫 번째는 바로...

헉 그럼 너 치킨도 안 먹어?!

아주 잘 먹는다.

탐조인 대부분이 치킨을 좋아한다. 다만 나는 어렸을 때 오리를 좋아했기 때문에 오리고기는 거의 먹지 않는다.

두 번째로는...

Hi

헐 그럼 너 비둘기도 좋아해?!

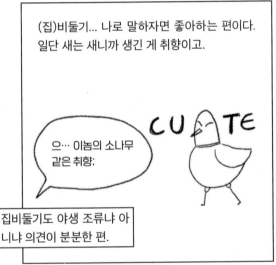

(집)비둘기... 나로 말하자면 좋아하는 편이다. 일단 새는 새니까 생긴 게 취향이고.

CUTE

으... 이놈의 소나무 같은 취향:

집비둘기도 야생 조류냐 아 니냐 의견이 분분한 편.

가끔 하는 짓도 꽤 귀엽다.

차별 없는 새 사랑...

그러나 곧 잘못을 깨달았다.

오, 이건 아닌듯.

요즘은 이런 복장이 제일 편하다.

후드집업

안에 반팔

배낭

바람막이

← 고무줄 츄리닝

등산화→

인터넷 쇼핑을 할 때도...

얼마 전 보았던 일본 패션 잡지에서 탐조 인들의 옷차림을 소개하고 있었다.

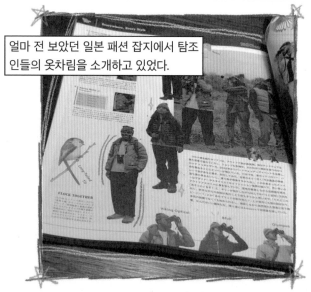

탐조 패션이란 무엇일까. 사실 이런 옷차림만 아니면 된다.

원색 옷은 새의 눈에도 잘 띌 수 있기에 어두운 무채색 계열이나 자연물에 위장이 가능한 무늬의 옷을 추천한다.

\<탐조 추천 복장\>
-햇빛 차단용 챙 모자
-두 손이 자유로운 배낭
-손수건 대용 스카프
-얇은 옷 여러 겹+바람막이
-겨울에는 장갑 필수
-진드기/모기 차단 긴바지
-오래 걸어도 편한 등산화

기본 탐조의 정석

효능

탐조를 하면 일단 활동량이 늘어난다. 새를 따라 걷다 보면 하루에 2만 보도 가능하다.

심신이 안정된다. 새소리는 스트레스 감소에
효과적이다.

똑똑해 보이는 효과가 있다. 새 이름 아는 척이
*573번 가능하다.

*한국의 새 종수는 매년 발견되는 미기록종의 포함 여부에 따라 달라
지곤 하지만, LG상록재단에서 펴낸 도감 <한국의 새>에 따르면 573
종이다.

심성이 고와진다. 자연을 사랑하게 되고 탐조인 친구도 사귈 수 있다.

건강해진다. 야외에서 햇빛을 받기 때문에 비타민D 결핍을 해소할 수 있다.

사는 게 지루하지 않다. 봄가을에
는 나그네새, 여름 겨울에는 철새
보느라 바쁘다.

봄

여름

가을

겨울

탐조를 하다 보면 새소리에도 신경 쓰게 된다.

그러다 보니 잘못된 새소리에 인지부조화를 겪기도 하는데...

78

영화를 보러 간 탐조인 천산갑 씨. 좋아하는 감독의 유망 작품이었다.

그런데 극 중 배경은 여름인데 겨울 철새(기러기) 소리가 들리더란다.

TV 보면 맹금 나올 땐 대부분 말똥가리 소리로 더빙이 되어 있다.

원래 목소리는 갈매기 같아서 멋없음

말똥가리는 맹금 대표 성우인가 보다.

여담 하나. 태어나서 한 번도 바람까마귀를 본 적 없는 미어캣도 바람까마귀가 천적을 경계하는 경고음을 내면 본능적으로 경계 태세에 돌입한다.

미어캣은 속았습니다

자세한 내용이 궁금하다면 유튜브에 '미어캣 바람까마귀'를 검색하세요.

뜬금없지만 나는 힙합에 진심이다.

힙합과 새가 무슨 상관이냐고? 사실 새소리는 훌륭한 비트다.

심지어 유튜브에는
이런 영상도 있다.

멧비둘기 울음소리 클럽믹스

출처: 유튜브 채널 '도깨비튠즈DokkebiTunes'

창경궁에 탐조를 갔을 때 딱새가 너무 '쇼미더머
니'스럽게 울어서 다들 웃음이 터진 적도 있다.

힙합 좀 듣는
딱새인 듯.

영문 새 이름은 또 얼마나 멋들어지는지.

대충 멋있어 보이는 영문 새 이름 가져다가 랩 네임으로 지으면 그야말로 멋짐 폭발이다.

새도 잠꼬대를 할까?

새를 키우는 사람들에 의하면 사람이 잘 때 이를 가는 것처럼 부리를 갈거나 조금씩 짹짹거릴 때도 있다고 한다.

그렇다면 새도 코를 골까?

유튜브에는 코 고는 새 동영상이 있다. 야생 조류는 아니다.

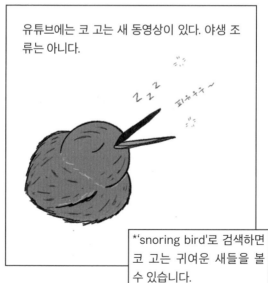

*'snoring bird'로 검색하면 코 고는 귀여운 새들을 볼 수 있습니다.

확실한 건 아니지만 여러 정황으로 미루어 볼 때 조류도 꿈을 꾸는 것으로 추측된다.

새가 되어 볼 수 없으니 인간은 정확한 사실을 영영 알 수 없습니다.

잠꼬대나 코골이는 야생에서 불리할 텐데 왜 없어지지 않았을까?

또 하나의 여담. 문어도 잘 때 꿈을 꾸는 것으로 추정된다고 한다.

백로과

쇠백로
-61cm
(확연히 작음)
-검은 부리
-노란 발
-여름에 꽁지머리 생김

중백로
-68cm
-검은 부리
-검은 발
-겨울에는 부리가 노래짐

노랑부리백로
-68cm
-노란 부리
(겨울에는 까매짐)
-노란 발
(겨울에는 다리도 노랑)

중대백로
-90cm
-검은 부리
(겨울에는 노래짐)
-검은 발과 다리

왜가리
-93cm
-노란 부리
-노란 발과 다리

대백로
-100cm
-겨울 철새
-노란 허벅지

2부

여느 때처럼 동네 호수공원을 걷고 있었다.

호수를 보니 물닭 친구들이 많이 보였다.

물닭이다!

94

새를 관찰하면서 철새의 변화에 따라 계절을 느끼게 되었다.

사람마다 계절의 변화를 느끼게 하는 철새가 다른데 나의 경우 물닭, 또 다른 탐조인 천산갑은 말똥가리다.

벌써 겨울이 왔구나.

탐조하기
좋은 겨울…

지금 생각나는 새가
없다면 이번 겨울에
'나의 철새'를 만들어
보세요!

삽사롱의 최애 새
나무발바리도 겨울 철새…♡

왠지 맛있는 이름을 가진 겨울 철새

콩새, 18cm

쑥새, 14cm

동짓날 생각나는 새들

흰죽지
-머리가 팥색

흰이마기러기
-머리 색이 마치 팥죽에
새알 하나 올려진 듯함

양진이
-일부 농촌에서 '팥새'라
부른다고 함

할미새

여름 철새
알락할미새

겨울 철새
백할미새

여름 철새들의 화려한 패션쇼

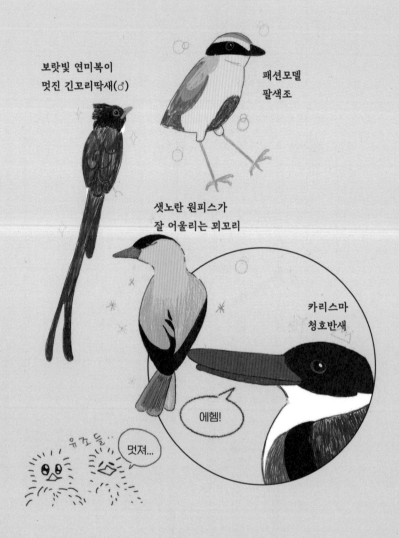

보랏빛 연미복이
멋진 긴꼬리딱새(♂)

패션모델
팔색조

샛노란 원피스가
잘 어울리는 꾀꼬리

카리스마
청호반새

에헴!

유죠들

먼져...

올겨울에는 눈이 펑펑 내렸다. 눈이 오면 귀여 워지는 새들이 있다.

첫 번째, 눈이 오면 신나는 까치들

눈 속에 구덩이를 파고 숨는다.

눈밭을 콩콩 뛰어다닌다

콩콩

며칠 전에는 눈 위에 떨어진 감을 먹으며 파티
를 열고 있었다.

증거 사진

네 번째, 누군지 모르겠지만 신이 난
흔적들. 눈은 흔적을 남겨서 좋다.

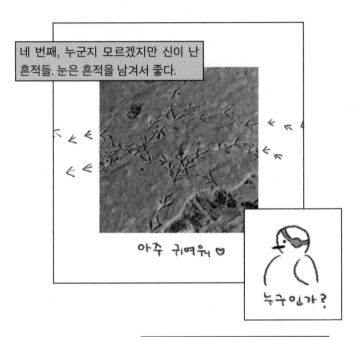

아주 귀여워 ♡

누구인가?

그리고 눈이 오면 어쩐지 새에 진심이
되는 사람들도 귀엽다.

눈오리

학명: Anas snoa

겨울 철새...

눈과 함께 왔다가 사라짐...

미국에서는 매년 12월 14일부터 이듬해 1월 5일까지 'Christmas Bird Count'(CBC)가 열린다.

크리스마스 버드 카운트가 무엇인고 하면, 20일가량의 기간 동안 관찰한 겨울새들을 기록하는 이벤트다. 무려 1900년부터 시작돼 120년 넘게 이어진 역사 깊은 탐조 문화.

조류학자 Frank Chapman이 크리스마스에 새를 사냥하는 대신 관찰할 것을 제안했다고 한다.

미국 전역에 있는, 조류협회이자 자연보호단체인 오듀본 협회에서 행사를 주최한다. 미국은 탐조 네트워크가 잘 형성되어 있다.

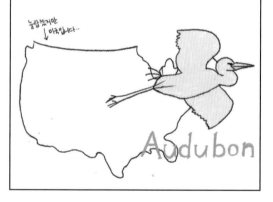

한국에서도 2019년부터 크리스마스 버드 카운트가 열렸다. *'서울의 새'가 처음으로 시작한 뒤 네이처링에 기록하고 있다.

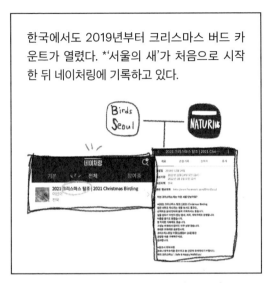

*서울의 새: 서울에 서식하는 야생 조류를 관찰하고 기록하는 시민과 학자 활동

12월 24일과 25일 이틀 동안 특별한 탐조지나 동네에서 본 새들을 기록한다. 이는 매년 소중한 데이터로 남겨진다.

고라니 왔니!?

오늘 알바 가요.

107

최근에는 탐조 커뮤니티에서 '성탄 탐조 대회'
가 이벤트로 열린다고 한다. 룰도 재미있는데,

(루돌프) 사슴과 보면 가점

고라니   노루   산양

빨간색 새 보면 가점

멋쟁이새   홍방울새

우리나라도 전 국민이 함께할 수 있는 탐조 기
록 이벤트가 많아지면 좋겠다.

까치와 까마귀 같은 까마귀과 친구들은 똑똑하기로 유명하다.

대략 6살 어린아이의 지능으로 추정

이 친구들은 지능이 높은 만큼 장난치는 것도 좋아하는데...

양갱이 느끼기에는 까마귀가 일부러 놀래 주려는 의도가 다분해 보였다고 한다.

사례 2. 겨울에 패딩을 입고 길을 걷던 탐조인 천산갑 씨.

갑자기 어깨 위로 새똥이 떨어졌다.

위를 올려다보니 까치 무리가 낄낄거리고 있었
다고 한다.

작년 가을, 점심시간마다 남산한옥마을에서 가벼운 탐조를 했다.

그때 까치의 지능이 궁금해서 혼자 한 가지 실험을 해 보았다. 이름하여 '바닥에 누룽지를 두고 까치 반응 관찰하기'.

누룽지를 내려놓고 멀리 떨어져서 기다려 보기로 했는데 아니나 다를까, 내가 사라지자 바로 까치가 왔다.

까치는 몇 차례 주위를 둘러보더니 누룽지를 물고 낙엽 더미에 숨겼다.

눈치 없는 비둘기가 다가오자 바로 쫓아냈다.

그러고는 잠시 자리를 비웠다. 얼마 뒤 나무 위
에서 다른 까치가 내려왔다.

알고 보니 이 모든 상황을 지켜보고 있었던 까치2. 최종 빌런인 그가 낙엽 더미를 뒤져 누룽지를 훔쳐 갔다.

이를 목격한 누룽지 까치가 까치2에게 짜증을 냈는데 어쩐지 그 정도가 비둘기에게 한 것보다 덜해 보였다.

같은 까치에게는 관대한 걸까? 어쩌면 가족 관계일지도 모른다는 생각이 들었다.

새들도 레저를 즐길까?

며칠 전에 흰뺨검둥오리 몇 마리가 흐르는 물살에 몸을 맡기고 떠내려가는 걸 봤다.

산은 산이요,
물은 물이로다.

처음엔 급류에 쓸려 가는 줄 알고 놀랐는데 곧 같은 자리로 거슬러 올라가 다시 물살을 타는 게 아닌가. 그 모습이 마치 워터파크 유수 풀을 타고 있는 것 같았다.

파바박!

머~엉

너희 즐기고 있는 거니?

둥둥둥...

몇 년 전에는 바닷가에서 갈매기가 단체로 바람을 타고 나는 걸 봤다. 날갯짓을 하지 않고 바람에 올라타던데, 노는 중이었을까?

이게 진짜 윈드서핑!

경사로에서 미끄럼을 타는 까마귀를 유튜브로 본 적도 있다. 아무래도 새들도 무언가를 이용해 놀 줄 아는 듯하다.

떼굴

떼굴

놀이는
인간의 전유물이
아니군.

버드 루덴스?

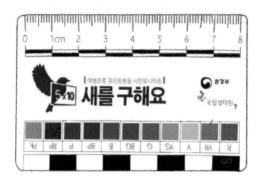

한 해에 대략 *800만 마리, 하루에 2만 마리.
유리창 충돌로 죽는 새들의 숫자다.

*건물 충돌 765만 개체, 방음벽 충돌 23만 개체(2018년 기준)

처음에는 생각보다 많은 수에 당황했지만
직접 마주한 현장은 참혹했다.

유리가 투명하기에 새들은 막혀 있다고 생각하지 못한다. 당연히 지나갈 수 있을 줄 알고 빠른 속도로 날아가다 부딪히면...

한때 충돌을 방지하기 위해 맹금류 스티커를 붙이기도 했지만, 새들이 스티커를 무서워하지 않을뿐더러 스티커 사이사이의 간격 때문에 실질적인 효과는 없었다.

유리창에 5×10 또는 5×5cm 비율로 점을 찍는 것이 충돌을 막는 데 가장 효과적이다. 새가 지나가지 못하는 곳으로 인지해 충돌 사고의 90%가 감소했다고 한다.

충돌 사고를 막기 위해 방음벽 설치 기준을 개정했지만 아직까지 모든 충돌을 예방하기는 어려운 상황이다.

작은 실천으로 새들을 살릴 수 있다. 충돌방지 롤스티커를 붙여도 좋고, 구하기 어렵다면 아크릴 물감으로 5×10cm 비율의 점을 찍어도 좋다.

참 쉽죠?

무엇보다 집 주변의 유리창이나 방음벽에 충돌하는 새가 있는지 지속적으로 모니터링하는 것이 중요하다.

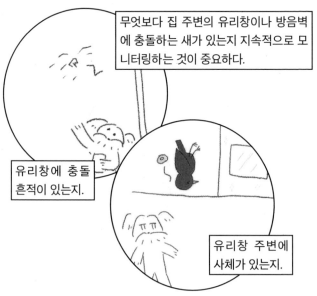

유리창에 충돌 흔적이 있는지.

유리창 주변에 사체가 있는지.

자연 기록 앱 '네이처링'을 다운받아

야생조류 유리창 충돌 조사 미션에 참여하고,

관찰한 정보를 업로드하면 된다.

이 밖에도 여러 환경단체에서 유리창 충돌을 방지하기 위한 활동을 하고 있다. 작은 관심으로 새들을 구해 보자.

새해맞이로 새 이름에 대해 이야기해 볼까 한다.

야조회에서는 얼마간 활동을 하면 '새 이름'을 준다. 이때 새명식이라는 걸 하는데,

마치 가톨릭교의 세례식과 비슷하다. 근데 이제 퀴즈의 답을 맞혀야 하는.

스무고개처럼 힌트를 보고 새의 이름을 맞혀야 한다.

새 이름은 투표로 정해지는데 각자의 새 이름을 보면 정말, 정말이지 그 사람과 닮았다.

나의 새 이름은 '붉은가슴밭종다리'다. 닮았는지는 노코멘트.

새 이름을 받으면 그 새에 대해 더 잘 알고 싶고
그 과의 다른 종에 대해서도 유심히 보게 된다.

붉.가.밭.종 TMI : 꽃을참좋아함

사진 출처 : 붉은등 때까치

나 붉가밭종
아직 못 봤어.

님 앞에 있잖아.
종추해.

여러 매체에서 '흰머리오목눈이'를
'뱁새'라고 하는데, 아니다.

세상에서 제일 귀엽다며 외국서 난리는 … `뱁새`

뱁새는 '붉은머리오목눈이'다.

네, 저예요.

133

"뱁새가 황새 따라가다 가랑이 찢어진다"의 그 뱁새인데, 너무 귀여우니까 상상하지 말자.

뱁새는 개인적으로 가장 한국적인 새라고 생각한다. (까치는 범지구적인 새라서...)

주로 동북아(한국, 중국, 러시아, 대만 등)에 서
식하는데 신기하게도 일본에서는 미조다.

서식지→

붉은머리오목눈이가 워낙 이동성이 약한 데다
쪼끄매서 섬까지는 힘들었을 것이다. 그런데
대만에는 있다는 건 아주 먼 옛날에는 대만이
육지에 붙어 있었다는 증거 아닐까.

아니. 배 타고
갔는디.

이걸 보시는 여러분을 뱁새 지킴이로 임명합니다. 흰머리오목눈이를 뱁새로 부르는 일을 막아 주세요.

" 흰머리오목눈이를 뱁새로 부르지 않기 운동 "

(그냥)
오목눈이

흰머리오목눈이

붉은머리 오목눈이

가짜 뱁새

진짜 뱁새

비가 오거나 다른 이유로 탐조가 취소되었다?
그런데 탐조인들은 이미 모였다?

금일 탐조는 취소합니다.

모하징...

비 옵다글...

그때 할 만한 탐조인 취향 저격
게임을 추천한다.

바로 '윙스펜'. 미국에서 만
든 조류 보드게임이다.

참고로 윙스펜은 새의 날개
전체 길이를 뜻하는 단어.

플레이어는 새와 관련된 직업을 하나씩 부여 받고 그에 따른 미션을 수행해 나가며 점수를 얻는다.

탐조인   브리더   연구가

게임 자체도 재미있지만 카드로 나오는 새들의 세밀화가 정말 예쁘다.

온라인에서도 할 수 있
다. ('스팀'에서 판매 중)

온라인은 소리도 나네!

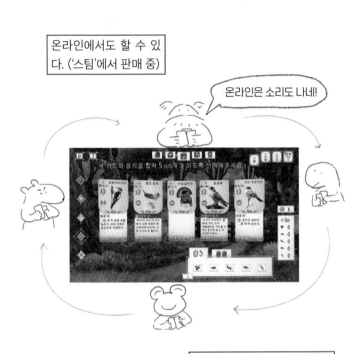

최대 5명까지 할 수 있는데
사람이 많을수록 재밌어진다.

해외에서 만든 거라 한국에 살지 않는 새들의
이름을 직역한 것이 좀 귀엽고 웃기다.

봄섬 탐조에 가져가면 사랑받는 아이템이 될
거다.

새에 관한 짧고 굵은 지식

윙스펜(wingspan, 조류의 날개폭)

↓ 나그네알바트로스(370cm)
세계에서 윙스팬이 가장 긴 새

↘ 독수리(270cm)
한국의 야생 조류 중 가장 긴 윙스팬

까치(20cm)↘

↖ 참새(9.5cm)

↖ 상모솔새, 굴뚝새(6cm)
한국의 야생 조류 중 가장 짧은 윙스팬

↖ 꿀벌벌새(5.5cm)
세계에서 윙스팬이 가장 짧은 새

가장 (   )한 새

(오래 산) 야생 새
종: 알바트로스
이름: 위즈덤
70살에 또다시 알을 낳아 엄마가
된 최장수 새.

(멀리 난) 새
종: 붉은가슴도요 루파
이름: 문버드(moon bird)
달에 다녀올 거리만큼 비행
한 새로, B95라는 인식표
가 달린 이 새에게 문버드
라는 별명이 붙여졌다.

가장 (   )한 새

(밈으로 유명한) 새
종: 카카포
이름: 시로코
형형색색으로 변하며 몸을 빙
빙 돌리는 움짤 'Party Parrot'
으로 유명하다. 슬랙(Slack) 쓰
는 사람이라면 모를 수 없음.

봄에 혼자 남한산성으로 탐조를 간 적이 있다.

등산로에 서서 각종 산새(박새, 곤줄박이 등)를 보고 있는데

144

갑자기 동고비 한 마리가 내 앞에 와서 기웃기
웃하기 시작했다.

무슨 일인가 싶어서 손을 내밀어 봤다.

동고비는 갸웃거리더니 내 손가락을 물었다.

아마도 등산객들이 먹을 걸 줘서 반응한 듯하
다. 탐조인들에게 자랑했더니 모두 부러워했다.

그때 그 동고비 친구

물렸을 땐 너무
놀라서 찍지 못함

탐조를 하면서 짜릿했던 순간이 몇 번 있다.

그중 하나는 강서습지생태공원에 갔을 때의 일이다. 탐조를 시작하고 맞는 첫 겨울이었다.

완전 왕초보 시절

야조회 선배님이 후배들을 데리고 가 주셨다.

우리는 갈대밭 사이를 살금살금 걸어가고 있었다. 그런데 그 순간,

쇠부엉이가 바로 옆으로 날아갔다. 나는 놀랍
고 감격스러워서 입을 틀어막았다.

그리고 물때까치도 보았다. 그 자태가 마치
<겨울왕국>의 엘사 같았다.

그날 속으로 '내가 조복(鳥福)이 나쁘지 않구나' 생각했다.

그때의 좋은 기억으로 그해 겨울에는 탐조에 반쯤 미쳐 지냈다.

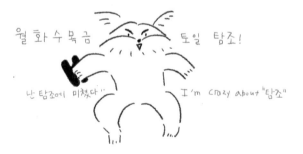

쇠부엉이와 물때까치를 본 날
말똥가리도 보았다.

같은 동네 사는 탐조인 검등새 군에게 곧장 연락해 민댕기물떼새를 찾으러 나섰다.

검등새 군(새 이름: 검은등할미새).
이탈리안 그레이하운드 닮음.

그런데 문제가 있었다. 민댕기물떼새가 S시의 하천에서 발견되었다는 사실만 알았을 뿐 그게 정확히 어디인지는 모른다는 것이었다.

다행히 S시 탐조 경험이 많은 검등새 군이 민댕기물떼새가 있을 법한 위치를 생각해 냈다.

그렇게 하천을 따라 얼마쯤 걸었을까. 민댕기의 코빼기도 보이지 않아 기대를 접었지만 그래도 검등새 군이 말한 시의 경계까지는 가 보기로 했다.

민댕기 사진을 보면 다 얕은 물에 있어.

그러던 중 갑자기 촉을 느낀 검둥새 군.

어 저기
민 댕기물..
떼새...?!

민댕기물떼새 !!!!!

그곳에 진짜 민댕기물떼새가 있었다.
(이걸 찾네...?)

계획도 없이 나갔는데 실제로 찾다니 짜릿하지 않을 수 없었다.

그날의 교훈: 새가 살 법한 환경에 대해 공부를 많이 하자.

수리부엉이는 절벽을 좋아한다. 공사 중인 산의 절벽처럼 깎아지른 듯한 암벽을 선호하는 편.

추웠던 어느 날, 수리부엉이가 좋아할 법한 곳에서 그가 나타나기를 기다리고 있었다.

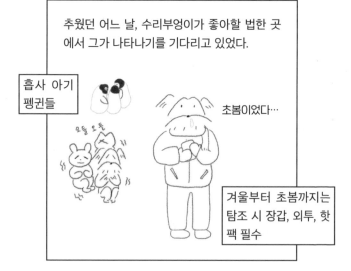

흡사 아기 펭귄들

초봄이었다⋯

겨울부터 초봄까지는 탐조 시 장갑, 외투, 핫팩 필수

해가 질 무렵 좌중을 압도하는 '부엉' 소리가
들렸다. 실로 엄청난 목청이었다.

뒤이어 거대한 수리부엉이가 절벽으로 날아왔
다. 클 거라고 예상했지만 그 정도로 클 줄은
몰랐다. 프테라노돈(익룡)이라고 해도 믿었을
것이다.

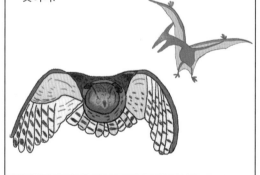

압도적인 크기에 모두가 얼어붙었고, 아무도
사진을 찍지 못했다.

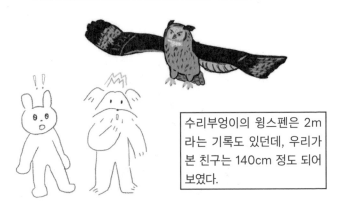

수리부엉이의 윙스펜은 2m
라는 기록도 있던데, 우리가
본 친구는 140cm 정도 되어
보였다.

늠름한 부엉이는 나무숲을 날아 절벽 틈에 있
을 가족들의 둥지로 돌아갔을 것이다.

새의 날들에 대해 알아봅시다.

기후위기와 환경파괴로 사라져 가는 펭귄을 보호하기 위한 날로, 남극의 맥머도 기지에서 펭귄이 북쪽으로 이동하는 시기에 맞춰 기념일을 지정했다.

Wren Day. 유럽에서 성 스테판의 날인 12월 26일을 축하하기 위해 굴뚝새를 사냥하던 것에서 유래한 날이다.

INTERNATIONAL VULTURE
국제 독수리
인식의 날
9월 첫째주 토요일 AWARENESS DAY

3월 20일 참새의 날

짜란~★

풀짝

인도의 환경단체가 참새를
보호하기 위해 제정한 날.

5월 31일 세계 앵무새의 날

PARTY PARROT

5월 4일 Chicken Day
국제 닭 존중의 날

농장 닭의 삶에 대해 생각하고 하나의 생명으
로서 닭을 존중하기 위해 만든 기념일.

바위종다리를 보러 불암산에 다녀왔다.

불암불암~

불암산

개구리 용식이
(새 이름: 붉은등때까치)

초보자 등산 코스가 잘되어 있는 산이라고 했으나 나에게는 역시 무리였다. 그리하여 딱따구리 드러밍 소리만 듣고 다른 산새들은 보지 못했다.

등산 초보 코스지 체력 초보코스는 아니니까…

왜 이리 힘드냐…

멍언

165

돌 하나에 바위종다리를 한 번씩 외치며 정신 없이 오르다 보니 곧 정상이 보였다.

정상에 올라서는 바위종다리가 좋아하는 평평한 바위를 찾았다.

올 때까지 기다리자는 마음이었는데, 5분 뒤 바위종다리 무리가 어디선가 호로록 날아왔다. 듣던 대로 사람을 크게 경계하지 않는 모습이었다.

비록 10분 만에 가 버렸지만 심장 아픈 귀여움이었다.

사진 출처: 붉은등때까치

내려오면서 생각했다. 탐조를 위해서라면 험난
한 등산도 마다하지 않겠다고.

불암산
난이도
★ ★ ★ *

우린 새를 너무
사랑하는 듯.

불암산 올
만하네~

바위종다리
경계심이 약한 편이며 몰려다니는 걸 좋아한다.
약간 비둘기+(갈색빛) 촉새 닮은 꼴.

겨울이 되면 새들이 먹을 것을 구하기 쉽지 않기
에 버드 피딩(Bird Feeding)을 하면 좋다.

경사경사 가까이서 새도 보고…

우리 집은 고층이라 여기 먹이가
있다는 걸 새들이 알 수 없고,

OO층에
먹이 있어요!

아
배고파
ㅠㅠ

고층

자칫하면 그릇이 떨어질 수도
있기 때문에 버드 피딩을 하기
힘들다.

한번 시도했다가 위험해 보여서 바로 철수했는
데, 그다음 날 까치 두 마리가 베란다 난간에
와서 깍깍 하고 울었다.

그래도 포기할 수 없어서 마당이 있는 이모네
주택에 버드피더를 설치했다.

부엌 앞이 마당이라 이모가 종종 요리하고 남는 것을 새들에게 주곤 하는데, 고기를 주면 그날은 새들의 잔칫날이다. 박새들이 환장하며 모여든다고.

냥냥

단백질 조아~♡

← 피더가 없었을 땐 평평한 바위에 뒀음

버드피더를 설치한 뒤로 직박구리와 물까치가 종종 다녀간다.

주는 대로 먹어.

또 이거야? 고열량 좀 주지.

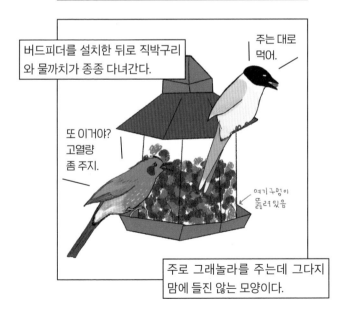

← 여기 구멍이 뚫려있음

주로 그래놀라를 주는데 그다지 맘에 들진 않는 모양이다.

저층 또는 마당이 있는 집에 산다면 과일과 견과류, 단백질(밀웜이나 고기 등)로 새들에게 뷔페를 차려 주는 재미를 느껴 볼 것을 권한다.

교양 딱새!

수험생 참새!

헬스 되새!

3부

4월부터는 탐조의 꽃이라 불리는 '봄섬 탐조' 시즌이 시작된다.

미기록종도 이때 많이 발견되지요!

4~5월은 나그네새와 철새들이 이동하는 시기다. 겨울 철새는 떠나고 여름 철새는 도착하는 때. 이동하며 중간중간 섬에서 쉬어 가기 때문에 평소에 쉽게 볼 수 없는 새들을 한곳에서 볼 수 있는 것이다.

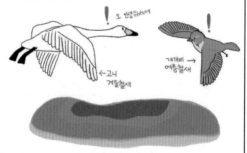

오 안녕하세요

← 고니
겨울철새

개개비 →
여름철새

나의 첫 봄섬은 마라도였다. 4월 중순쯤 4박 5일로 다녀왔다. 우리나라 최남단에 위치한 만큼 이동하는 새를 많이 볼 수 있는 섬이다.

또한 섬이 평평하고 작아서(한 바퀴 도는 데 20분 소요), 섬 안에 어떤 새가 나타났다 하면 즉시 찾아가서 볼 수 있다.

우리 일행은 식당 겸 펜션으로 운영하는 곳에서 묵었다. 덕분에 마라도의 트레이드마크 짜장면은 원 없이 먹을 수 있었다.

톳

해산물

맛있겠죠?

섬에서는 날씨가 우중충하고 좋지 않을 때 새를 더 많이 볼 수 있다. 새들이 섬을 그냥 지나치지 않고 쉬어 가기 때문이다.

어우 저기서 좀 쉬다 가자.

그래서인지 배가 뜨지 못했던 날 특이한 새들을 꽤 보았다.

투탕카멘같은
제비물떼새

모나미록의
검은지빠귀

기묘한 새
개미잡이

제비물떼새 !

탐조하기도 편하고 관광객이 빠진 후 섬의 분위기가 참 좋아서 개인적으로 또 가고 싶은 곳이다.

마라도 전경

마라도에서 본 새들
(+제주도에서 본 새 조금)

흰뺨검둥오리	후투티	찌르레기	흰꼬리딱새
꿩	개미잡이	붉은부리찌르레기	참새
해오라기	매	호랑지빠귀	노랑할미새
검은댕기해오라기	할미새사촌	되지빠귀	알락할미새
황로	물때까치	검은지빠귀	검은턱할미새
왜가리	노랑때까치	대륙검은지빠귀	큰밭종다리
중대백로	까치	흰눈썹붉은배지빠귀	힝둥새
흑로	진박새	흰배지빠귀	흰밭종다리
쇠가마우지	진박구리	붉은배지빠귀	붉은가슴밭종다리
가마우지	갈색제비(S)	노랑지빠귀	쇠종다리
중부리도요	제비	개똥지빠귀	되새
삑삑도요	흰털발제비	솔딱새	밀화부리
알락도요	귀제비	쇠솔딱새	방울새(S)
깝작도요	휘파람새	큰유리새	검은머리방울새
제비물떼새	섬휘파람새	쇠유리새	흰배멧새
괭이갈매기	숲새	울새(S)	붉은뺨멧새
재갈매기	노랑눈썹솔새	진홍가슴	쇠붉은뺨멧새
한국재갈매기	산솔새	유리딱새	노랑눈썹멧새
뿔쇠오리	개개비사촌	황금새	노랑턱멧새
멧비둘기	동박새	흰눈썹황금새	무당새
소쩍새(S)	상모솔새	딱새	촉새
칼새	굴뚝새	바다직박구리	쇠검은머리쑥새
물총새	쇠찌르레기	검은딱새	깍도요아닌미동정깍도요류

총 92종

179

5월 초에 다녀온 어청도는 봄섬 탐조의 핫 스 폿으로 유명한 곳이다.

군산항 연안여객터미널에서 어청도까지 배를 타고 2시간 정도 들어간다. 여객선 예약은 '가보 고 싶은 섬'이라는 사이트를 이용했다.

탐조 루트와 포인트는 다음과 같다. 주로 선착장 근처 해안가와 어청도초등학교, 어청도공소 쪽 덤불, 위쪽 데크 해안가를 많이 다녔다.

어청도초등학교에서는 '꼬까참새'를 많이 볼 수 있었다. 여럿이 모여 열심히 잔디밭을 쪼고 있는 모습을 보니 왜 '참새'라는 이름을 붙여 줬는지 알 것만 같았다. 작고 귀엽고 사회성 풍부하고...

꼬까참새

선착장 근처 해안가에서는 '시베리아알락할미
새'가 나왔고, 마을의 작은 하천에서는 '흰눈썹
울새'가 나왔다.

시베리아알락할미새는 알락할미새의 *아종이
다. 생김새는 백할미새와 알락할미새를 섞은
것 같다. 한마디로 눈썹선 없는 백할미새. 그래
서 처음엔 시베리아알락할미새가 맞는지 조금
헷갈렸다.

*아종: 종(種)을 다시 세분한 생물 분류 단위. 종의 바로 아래로, 종으
로 독립할 만큼 다르지는 않지만 변종이라기엔 서로 다른 점이 많고
사는 곳이 차이 나는, 한 무리의 생물에 쓴다.

흰눈썹울새를 처음 본 순간은 잊을 수 없다. 파란색과 빨간색 목걸이를 건 인디언 추장 같았다. 어쩜 그리 예쁜 색을 띠고 있을까. 최애 연예인을 만난 기분과 비슷했다.

공소 쪽 작은 숲은 '북방쇠찌르레기'와 '큰점지빠귀' 포인트였다.

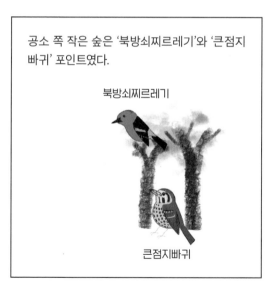

북방쇠찌르레기

큰점지빠귀

큰점지빠귀는 아무리 기다려도 보이지 않기에 포기하고 있었는데, 선배 한 명만이 마지막의 마지막까지 기다리다가 결국 떠나기 직전에 만나게 됐다. 간절히 원하는 사람에게만 모습을 보이는 큰점지빠귀.

데크 해안가에서는 조롱이를 봤다. 조롱이 턱에는 세로 줄무늬가 있는데, 그 포인트를 포착하여 의심의 여지 없이 동정할 수 있었다.

하늘에는 간간이 벌매가 날아갔다.

벌매는 색 변이가 다양하다.

그리고 어청도의 꽃 '양지식당' 치킨으로 탐조를 마무리했다.

여기가 파라다이스 ~ ~ ~

어청도 전경

어청도에서 본 새들

논병아리	노랑때까치	검은지빠귀	흰눈썹긴발톱할미새*
해오라기	황여새	대륙검은지빠귀	북방긴발톱할미새*
흰날개해오라기	노랑배진박새	흰눈썹붉은배지빠귀	흰눈썹북방긴발톱할미새*
황로	박새	흰배지빠귀	노랑할미새
왜가리	쇠종다리	붉은배지빠귀	알락할미새
중대백로	검은이마직박구리	노랑지빠귀	시베리아알락할미새*
쇠백로	직박구리	개똥지빠귀	검은턱할미새*
민물가마우지	제비	큰점지빠귀	백할미새*
가마우지	귀제비	제비딱새	큰밭종다리
벌매	섬휘파람새	솔딱새	힝둥새
조롱이	휘파람새	쇠솔딱새	붉은가슴밭종다리
새매	솔새사촌	큰유리새	밭종다리
장다리물떼새	노랑허리솔새	쇠유리새	되새
깝작도요	노랑눈썹솔새	울새	밀화부리
알락도요	솔새사촌	흰눈썹울새	붉은양진이
청다리도요	솔새	진홍가슴	검은머리방울새
괭이갈매기	되솔새	유리딱새	흰배멧새
재갈매기	산솔새	흰눈썹황금새	붉은뺨멧새
한국재갈매기	개개비	황금새	쇠붉은뺨멧새
쇠제비갈매기	동박새	노랑딱새	노랑눈썹멧새
바다쇠오리	작은동박새	흰꼬리딱새	노랑턱멧새
멧비둘기	붉은부리찌르레기	딱새	꼬까참새
쏙독새	찌르레기	바다직박구리	촉새
물총새	북방쇠찌르레기	검은딱새	북방검은머리쑥새
매	잿빛쇠찌르레기	섬참새	쇠검은머리쑥새
할미새사촌	호랑지빠귀	물레새	
때까치	되지빠귀	긴발톱할미새	

	총 106종	아종* 6종 포함

물레물레 물레새

물레새

봄섬에서 볼 수 있는 새들

산솔새

휘파람새

흰배멧새

촉새

황금새

검은딱새

흰눈썹
붉은배지빠귀

호랑지빠귀

5월에 백령도를 다녀온 적이 있다.
백령도는 국내의 섬 중에서 가장 북서쪽에 있다.

멀다 멀어…

안녕, 검은댕기
해오라기예요!

그래서인지 무척 추웠다. 5월임에도 체감온도는 서울의 3월 정도로 느껴졌다.

날이 좋으면 건너편으로 북한도 보인다.

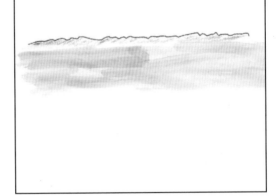

백령도는 큰 섬이기에 차량이 없으면 이동하기 힘들다. 지도의 포인트들 역시 결코 걸어갈 수 없는 거리다.

섬에 도착해서 일행과 해안가를 걷는데, 꽃게 잡이용 어망이 많았다.

꽃게나 물고기 찌꺼기를 먹으러 어망에 들어갔다가 갇히는 새들이 종종 있어.

멋쟁이새 선배 →

그래서 어망이 보이면 혹시 새가 있는지 확인
하기 위해 툭툭 건드려 보았다.

그러다 어느 어망 속에서 힝둥새와 휘파람새
를 발견했다. 갇힌 지 얼마 되지 않았는지 에너
지가 남아 있었다.

선배가 새를 조심스레 감싸 쥐고 어망에서 꺼내 주었다.

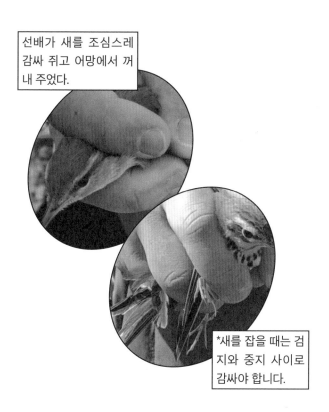

*새를 잡을 때는 검지와 중지 사이로 감싸야 합니다.

논밭의 나무를 좋아하는 비둘기조롱이, 왕새매를 비롯해 맹금도 다수 보았다.

나 멋지지?

응 멋지다

비둘기조롱이

왕새매

비둘기조롱이는 새 한 마리를 쫓고 있었는데, 아직 어린 건지 기력이 달리는지 결국 놓치고서 나무 위에 앉았다. 현실을 자각하고 포기한 느낌이었다.

꼭 웨이트 하다가 지친 나 같군.

무엇보다 흰머리오목눈이를 백령도에서 처음 보았다. 여럿이 모여 있었는데, 북쪽으로 올라오느라 험한 비행을 한 것인지 꼬질꼬질한 모습이었다.

백령도는 점박이물범의 서식지이기도 하다. 우리도 근처 해안에서 쌍안경으로 구경했는데, 쌍안경을 들고 있으면 군에서 신원 확인을 요청할 수도 있다.

귀여워……

바나나 자세를 한
↓ 물범

이정도 가시거리

백령은 해병의 섬

백령도에서 본 새들

꿩	왜가리	귀제비	큰유리새
흰뺨검둥오리	중대백로	휘파람새	유리딱새
쏙독새	중백로	섬휘파람새(S)	흰눈썹황금새
칼새	쇠백로	오목눈이	바다직박구리
벙어리뻐꾸기	파랑새	흰머리오목눈이*	검은딱새
뻐꾸기	왕새매	숲새	참새
멧비둘기	비둘기조롱이	연노랑눈썹솔새	노랑할미새
논병아리	소쩍새	노랑눈썹솔새	알락할미새
검은머리물떼새	물총새	노랑허리솔새	검은턱할미새*
꼬마물떼새	개미잡이	긴다리솔새사촌	시베리아알락할미새*
깍도요	매	솔새사촌	힝둥새
깝작도요	오색딱다구리	산솔새	붉은가슴밭종다리
삑삑도요	할미새사촌(S)	되솔새	되새
붉은발도요	때까치	버들솔새	밀화부리
알락도요	노랑때까치	작은동박새	방울새
청다리도요	홍때까치*	동박새찌르레기	검은머리방울새
괭이갈매기	까치	잿빛쇠찌르레기	멧새
한국재갈매기	까마귀	호랑지빠귀	흰배멧새
쇠가마우지	큰부리까마귀	되지빠귀	쑥새
가마우지	진박새	흰눈썹붉은배지빠귀	노랑턱멧새
저어새	박새	흰배지빠귀	쇠붉은뺨멧새
해오라기	직박구리	개똥지빠귀	노랑눈썹멧새
검은댕기해오라기	검은이마직박구리	솔딱새	노랑턱멧새
흰날개해오라기	제비	쇠솔딱새	꼬까참새
황로	흰털발제비	쇠유리새	촉새

		총 100종	아종* 4종 포함

백령도 옆에 소청도가 있어서 겸사겸사 함께 들르면 좋다. 백령도에서 배로 1시간 정도 걸린다.

탐조 포인트는 대략 백령소청우체국 왼쪽에서부터 마을을 지나 해병 부대 쪽으로 올라가는 길에 있다.

붉은해오라기

쇠뜸부기

담조 포인트 가는 길

백령소청 우체국

선착장

그쪽에 작은 개천이 흐르는데, 근방에서 쇠뜸부기와 붉은해오라기를 보았다.

소청도에는 국가철새연구센터가 있다. 탐조 중에 연구원분들을 종종 마주쳤는데, 이런저런 이야기를 나누다 센터에도 초대해 주셨다.

우리는 소청도 탐조 가이드를 받아 들고 센터를 둘러보았다.

버드 피딩 중인 건물 뒷마당에는 200마리가량의 새들이 밥을 먹고 있었다.

그러던 중에 한 차례 새들이 파드닥 날아올랐는데, 꼬까참새와 멧새 한 마리가 무슨 영문인지 모른 채 친구들이 날아간 나무와 창문을 번갈아 쳐다보았다.

뭐임

어리둥절

슈웅

날아가긴 귀찮지만 무슨 일인지 궁금한 표정

센터장님은 새에게 다는 발신기와 가락지를 보여 주시며 철새의 이동 경로를 설명하셨다.

←개체를 식별하기 위해 새의 다리에 다는 가락지

←뻐꾸기 크기의 새에게 다는 발신기

뻐꾸기는 아프리카에서 월동합니다.

멋진 말이네요. 영화 제목 같다.

이름표처럼 개체를 식별하게 해 주는 가락지
는 새의 발목에 단다. 새의 이동 경로를 파악하
게 해 주는 발신기는 등에 달아 준다.

센터의 피딩에도 불구하고 소청도 곳곳에 탈
진한 개체가 많이 보여서 속상했다.

비틀거리는
울새 ..

이미 탈진해 요단강을 건넌
유리딱새 ..

새들의 기력 보충을 위해 쌀을 뿌리거나 물그
릇이라도 놔두어야 하나 고민했다.

철새연구센터가 있는 섬답게 나그네새가 많았
던 소청도. 회색바람까마귀와 검은바람까마귀
가 나타나서 바람까마귀과 친구들을 최초로
종추할 수 있었다.

회색바람까마귀

검은바람까마귀는 아래쪽에서 날아다니다가 오후가 되니 숲 위쪽으로 이동했다. 센터장님에게 여쭤보니 기온이 오르면 곤충이 위로 올라가기 때문에 새들도 따라가서 먹이 활동을 하는 거라고 했다.

검은바람까마귀
(나무 조릿대를 좋아함)

멋쟁이새 선배는 참새 한 마리를 보았는데, 소청도에서 참새는 거의 미조다.

ㅋㅋ루삥뽕

이거 좋아해야 해
말아야 해

다 같이 탐조하러 온 어느 가족은 조복이 대단했다. 무려 하늘을 나는 먹황새를 보셨다고.

먹황새!!!

먹황새는 환경에 매우 민감한 새라서 쉽게 볼 수 없다. 1년에 손에 꼽을 정도의 개체만이 우리나라에 오는 것으로 추정되는데, 그런 먹황새를 순간 포착하다니 기가 막힌 타이밍이다.

소청도에서 본 새들

흰뺨검둥오리	때까치	찌르레기	바다직박구리
뻐꾸기	노랑때까치	쇠찌르레기	검은딱새
벙어리뻐꾸기(S)	홍때까치*	북방쇠찌르레기	참새
멧비둘기	꾀꼬리	잿빛쇠찌르레기	물레새
쇠뜸부기	회색바람까마귀	흰눈썹지빠귀	긴발톱할미새
흰배뜸부기	검은바람까마귀	호랑지빠귀	흰눈썹긴발톱할미새*
메추라기도요	까마귀	되지빠귀	북방긴발톱할미새*
꺅도요	큰부리까마귀	검은지빠귀	노랑할미새
꺅도요사촌	황여새	대륙검은지빠귀	알락할미새
깝작도요	홍여새	흰눈썹붉은배지빠귀	백할미새*
알락도요	박새	흰배지빠귀	큰밭종다리
괭이갈매기	직박구리	붉은배지빠귀	힝둥새
쇠가마우지	검은이마직박구리	노랑지빠귀	흰등밭종다리
가마우지	제비	노랑지빠귀	붉은가슴밭종다리
붉은해오라기	귀제비	개똥지빠귀	되새
검은댕기해오라기	섬휘파람새	제비딱새	밀화부리
흰날개해오라기	노랑눈썹솔새	솔딱새	붉은양진이
왜가리	노랑허리솔새	쇠솔딱새	방울새
황로	긴다리솔새사촌	큰유리새	검은머리방울새
중대백로	솔새사촌	쇠유리새	멧새
조롱이	산솔새	울새	흰배멧새
벌매	버들솔새	흰눈썹울새	붉은뺨멧새
왕새매	되솔새	진홍가슴	쇠붉은뺨멧새
소쩍새(S)	솔새	유리딱새	노랑눈썹멧새
물총새	북방개개비(S)	흰눈썹황금새	노랑턱멧새
개미잡이	섬개개비(S)	황금새	검은머리촉새
후투티	한국동박새	노랑딱새	꼬까참새
매	작은동박새	흰꼬리딱새	촉새
할미새사촌	동박새	딱새	

총 115종	아종* 4종 포함

탐조를 하다 보면 다른 생물들과 조우할 일이
많다.

소청도에서는 언덕길을 걷다가

함께 언덕을 오르고 있던 콩벌레를 발견했다.

아무 생각 없이 톡 건드렸더니 몸을
둥글게 말았고

열심히 올라가던 콩벌레는 그렇게 데굴데굴 내리막길을 굴러가 버렸다.

나는 그 자리에 굳어서 미안하다고 소리쳤다. 그 후로 함부로 생물을 만지지 않게 되었다는 이야기.

미안하다!

다섯 번째 봄섬은 인천 소야도.

'소시지야채볶음'섬 아닙니다.

백패킹의 성지로 불리는 덕적도 옆에 자리한 자그마한 섬이다. 인천에서 배를 타고 덕적도 에 내린 다음 버스를 타고 들어갈 수 있다.

덕적도

소야도

꽤 작은 섬이라 걸어 다니며 탐조할 수 있다.

여기저기서 들려오는 짹짹 소리들..

섬치고는 참새가 너무 많았다. 전체 새의 80% 가 참새인 느낌이랄까.

나는 휘파람새 소리처럼 휘파람을 부는 장기를 선보였는데

진짜 휘파람새가 나타나서 당황했다.

감히 누가 내 구역에!

과도한 콜링은 새를 지치게 할수있으니 삼가

끝말이라는 지점에서는 검은머리촉새를 발견했다.

전 세계에 천 마리 정도만 남은 새

검은머리촉새는 맛있고 영양가 높다는 소문 때문에 식용으로 많이 포획되어 멸종 위기에 처했다. 그래서일까, 유독 경계하는 모습이었다. 끊임없이 두리번거리다 덤불로 숨어들어 더는 볼 수 없었다.

못 찾겠다 꾀꼬리~!

소야도에서 본 새들

꿩(S)	할미새사촌	귀제비	흰눈썹황금새
흰뺨검둥오리	꾀꼬리(S)	휘파람새	참새
멧비둘기	까치	섬휘파람새(S)	물레새(S)
검은머리물떼새	큰부리까마귀	오목눈이(S)	노랑할미새
괭이갈매기	박새	노랑눈썹솔새(S)	알락할미새
가마우지	직박구리	산솔새(S)	쇠붉은뺨멧새
중대백로	검은이마직박구리	솔새(S)	검은머리촉새
쇠백로	제비	쇠솔딱새	촉새
오색딱다구리(S)			

총 33종

봄섬에서 볼 수 있는 좀 특이한 새들

집에 가서 꿀 먹을 생각에 신난
벌매

좋은 섬에 가서 자식을
기르는 맹모삼천지교
매

참매?
그럼 매랑
사촌이니?

이름 때문에 매랑 사촌으
로 엮이는 게 짜증 나는
참매

아니요.
저는 수리과
매씨고
걔는 매과
매씬데요.

땅굴에 내 집 마련 성공한
슴새

저 땅굴 자이 살아요~

5월 중순에서 6월 초 정도가 되면 집 앞 하천에 흰뺨검둥오리 아가들이 등장한다.

이때는 나도 이웃사촌으로서 아가들이 잘 지내는지 지켜보곤 한다.

한 마리 두 마리… 여섯 마리. 음. 건재하군.

놀랠까봐 기둥뒤에 숨어서 지켜봄

예민해진 엄마 오리는 아무 잘못 없는 중대백로에게 고함치기도 한다. 중대백로는 착한 건지 겁먹은 건지 호다닥 도망간다.

엄마가 밥 먹는 시늉을 하면 아가들도 그대로 따라 한다. 아마도 학습을 시키는 듯하다.

엄마 오리는 마음이 편치 않은지 해가 떠 있을 때도 아가들을 풀숲에 숨겨서 재우고 지키는 보초를 선다.

인근 공원에서 흰뺨 가족이 육추를 한 적이 있는데, 다 같이 하천에서 호수로 이어지는 경사로를 오르던 중 낙오될 뻔한 아기 새가 있었다.

그런데 끝까지 안간힘을 쓰더니 결국 올라갔다. 이 감동 실화를 목격한 시민들 모두가 박수를 쳐 주었다.

작년에는 호수에서 공사를 하는 바람에 우리 집 앞 하천까지 내려와 번식을 했다.

이 친구들이 다 자라서 겨울이 될 때까지 지내는 걸 봤는데, 정말 내가 키운 것 같고 조카 같고 그랬다.

*(한 일 없음)

더불어 소개하고 싶은 유튜브 채널 'NatureTec'

라이브로 박새 가족의 육아를 보여 준다. 유
조(幼鳥, 새끼 새)가 자라 이소를 하는 걸 보
면 짜릿하다.

봄은 유조의 계절

뽀송뽀송한
흰뺨검둥오리

아직 엄마 등이 좋은
뿔논병아리

억울하게 생긴
딱새

응애 나
애기 딱새

아직 솜털이 덜 빠진
황조롱이

(나뭇가지를 좋아함)

절벽 틈에서 자라는
수리부엉이

같은 깃의 새는 같이 모인다

동류끼리 서로 어울리기
마련이란 뜻.

새도 염불을 하고 쥐도 방귀를 뀐다

여러 사람이 모여 노는 데에서
수줍어서 못 즐기는 사람을 놀리는 말.

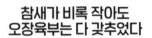

참새가 비록 작아도
오장육부는 다 갖추었다

작아도 있을 건 다 있다는 뜻.

나무라도 고목 되면
오던 새도 아니 온다

난 고목 좋은데.

처지가 보잘것없게 되면
찾지 않는다는 뜻.

뱀 본 새 짖어대듯

몹시 시끄럽게 떠드는 모양을
비유적으로 이르는 말.

숲이 크면 온갖 새가 다 있다

세상엔 별별 사람이 다 있다는 뜻.

지난 4월 인천으로 물새 탐조를 다녀왔다.

열화상 카메라로 새를 잘 찾을 수도…

쇠황조롱이 선배

별 견문가

열화상 카메라

먼저 영종도 갯벌에서 탐조를 했다. 땅이 울퉁 불퉁하기에 뭔가 이상하다 싶었는데 알고 보 니 민물도요 떼였다.

선배가 세어 보더니 3500마리 이상이라고 했다.

민물도요
-19cm
-동정 포인트: 배에 김 묻음

밴딩된 저어새도 보았다. 가락지를 부착한 상태를 '밴딩'이라고 표현하는데, 나는 가락지를 달고 있는 새를 이날 처음 본 것이었다.

털어

털어

사진 찍어서 어느 나라에서 단 가락지인지 알아봐야지.

고잔갯벌로 이동해서는 개꿩과 종다리 소리를 들었다.

훠익

삐리릿

개꿩

종다리

검은머리갈매기가 특히 많았는데, 정면에서 보면 증기기관차 토마스를 닮았다.

마지막 코스는 남동유수지. 당시에는 개관 전이었던 저어새 생태학습관이 문을 열 준비를 하고 있었다.

인공 섬의 저어새들은 막 번식 중이었다.

집에 돌아와서 국립생물자원관에 '가락지 발견 보고'를 했다.

가락지 보고를 하면 가락지 번호와 발견한 위치 정보로 언제 어디서 가락지를 단 것인지 추측할 수 있다.

저어새의 경우 한쪽 다리엔 표지번호가 새겨진
유색 가락지를, 반대쪽에는 색이 조합된 유색
가락지를 달고 있는 경우가 많다.

가락지의 정보들로 가락지를 부
착한 나라와 개체 정보를 식별
한다.

표지번호의 알파벳으로 나라를 구별할 수 있다.
T는 대만, E·S·K·H는 한국, J는 일본, R은 러시
아다.

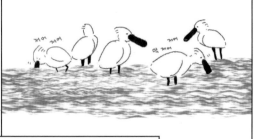

대한민국의 알파벳이 많은 이유는 지
구상의 저어새 개체 90%가 서해의 무
인도에서 번식하기 때문이다.

인천에서 본 새들

\<남동유수지\>	\<고잔갯벌\>	\<영종도\>
황오리	옹머리오리	흰뺨검둥오리
넓적부리	흰뺨검둥오리	검은머리물떼새
알락오리	쇠오리	개꿩
청머리오리	멧비둘기	중부리도요
홍머리오리	검은머리물떼새	알락꼬리마도요
흰뺨검둥오리	개꿩	마도요
고방오리	꼬마물떼새	큰뒷부리도요
쇠오리	중부리도요	붉은어깨도요
한국재갈매기	알락꼬리마도요	민물도요
민물가마우지	마도요	청다리도요
저어새	큰뒷부리도요	검은머리갈매기
왜가리	붉은어깨도요	한국재갈매기
중대백로	좀도요	민물가마우지
까치	민물도요	저어새
	뒷부리도요	왜가리
	검은머리물떼새	중대백로
	한국개갈매기	방울새
	저어새	참새
	중대백로	
	까치	
총 14종	총 20종	총 18종

마도요

–58cm

–동정 포인트: 등에서 꼬리까지 흰색

검은머리물떼새

–45cm

–동정 포인트: 당근 물고 있는 듯한
주황색 부리

민물도요

-19cm

-동정 포인트: 배에 검은색 무늬

중부리도요

-43cm

-동정 포인트: 눈썹선과 그 위의 정수리선

저어새

-74cm

-동정 포인트: 물을 잘 저을
것 같은 수저형 부리

본격적인 가을 도요 탐조를 위해 경기도 화성의 매향리, 화성호에 다녀왔다.

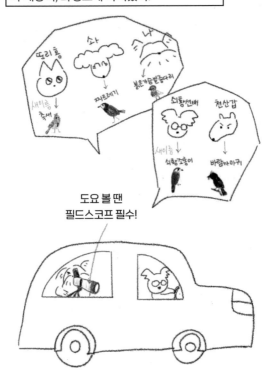

목표 종이 여럿 있었으나 결과적으로 그중 흑꼬리도요와 큰뒷부리도요만 보았다.

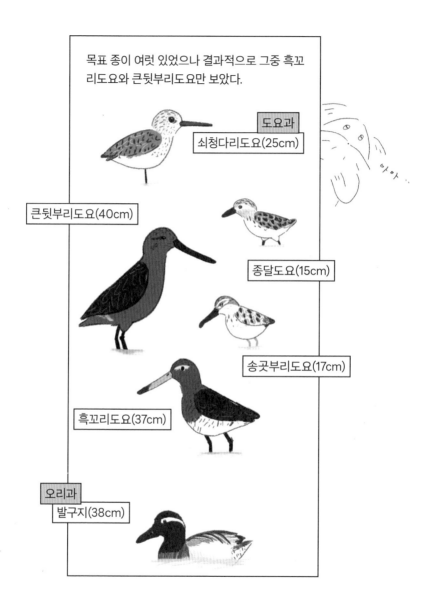

도요과
쇠청다리도요(25cm)

큰뒷부리도요(40cm)

종달도요(15cm)

송곳부리도요(17cm)

흑꼬리도요(37cm)

오리과
발구지(38cm)

대신 물새들의 귀여운 행동을 관찰할 수 있었
다. 개꿩 한 마리가 멍하니 있다가

갑자기 갯지렁이를 확 낚아채는 모습 같은 것
말이다.

알고 보니 개꿩은 멍한 것이 아니라 사냥 준비
를 하고 있었던 거였다.

저어새는 여전히 바다를 '저어 저어' 하고 있었
다. 그 모습이 꼭 아재 트리오 같았다.

괭이갈매기는 제자리에서 콩콩 뛰면서 날개 스트레칭을 했다.

청다리도요는 발을 다쳤는지 깽깽이걸음으로 다녔다.

야생은 가혹하다.

사실 새보다 게가 아주 많았다. 한 마리가 움직이면 단체로 군무하듯 움직인다.

난 게들의 왕이다.

목도리도요로 추정되는 새도 보았는데, 익히 알려진 화려한 모습은 아니었다. 스치듯이 봐서 긴가민가하지만.

어린 새로 추정

수컷의 화려한 여름 깃

화성호에서 본 새들

청머리오리	민물가마우지	마도요	목도리도요(유조)
흰뺨검둥오리	새호리기	알락꼬리마도요	검은머리갈매기
넓적부리	물닭	붉은발도요	괭이갈매기
흰죽지	검은머리물떼새	청다리도요	한국재갈매기
논병아리	개꿩	삑삑도요	멧비둘기
뿔논병아리	꼬마물떼새	뒷부리도요	까치
저어새	흰물떼새	꼬까도요	직박구리
왜가리	왕눈물떼새	붉은가슴도요	제비
중대백로	흑꼬리도요	붉은오깨도요	개개비(S)
노랑부리백로	큰뒷부리도요	좀도요	붉은머리오목눈이(S)
쇠백로	중부리도요	민물도요	참새

총 44종

244

도요 철에는 강화도 탐조가 제격이다. 나는 에코버드투어(철새 전문 여행사)로 강화도 탐조를 다녀왔다.

갯벌에서 도요 찾기!

펄에서 알락꼬리마도요가 게를 잡아먹는 걸 보았는데, 진흙은 먹기 싫은지 게를 바닷물에 씻고 있었다.

게 씻는 알락꼬리마도요

증거 사진

245

근처에선 어린 저어새 한 마리가 홀로 갯벌의 얕은 물을 '저어 저어' 중이었다.

어린 저어새는 부리가 핑크색이다. 노랑부리저어새도 어린 새의 경우 부리가 핑크빛이라 헷갈릴 수 있다.

자랄수록 사람 피부처럼 부리에 노화로 인한 주름이 생긴다는 점도 재밌다.

이날 큰기러기 무리에서 캐나다기러기 한 마리를 우연히 종추했다.

투어 선생님 말씀으로는 이 둘은 알래스카와 시베리아에서 같이 번식하다가 캐나다기러기는 북미 쪽으로 내려가고 큰기러기는 한국으로 내려온다고 한다.

우리가 본 친구는 아무래도 큰기러기를 잘못 따라온 것 같다.

그리고 쇠청다리도요를 처음 보았다. 청다리도
요는 참 잘생겼다.

병약한 듯한데 알고 보니 귀족이고
펜싱 잘할 거 같은 그런 느낌

귀티 나는 외모와는 다르게 수면 위에 붙은 벌
레들을 신나게 잡아먹고 있었다.

사냥을 정말로 못하는 물수리 친구도 보았다. 어린 물수리는 호버링(공중 정지)도 서툴고 사냥 경력이 거의 없는 듯했다.

탐조를 마치고는 탐조문화공간이자 카페인 '스푼빌' 오픈식에 참석했다. 강화도 탐조 계획이 있다면 들러 보기를 추천한다.

스푼빌에서만 파는 저어새 빵을 많이도 먹었다.
델리만쥬 비슷한데 더 맛있다.

저어새 모양이라 왠지
더 먹고 싶기도~

마지막으로 사연 있는 얼굴을 한 새호리기를 보
고 돌아왔다.

우수에 찬 눈빛...

확신의 주인공상...

나중에 은퇴하면 강화도에 살고 싶다. 매일 탐조하러 다녀야지.

강화도에서 본 새들

쇠기러기	뿔논병아리	대백로	큰부리까마귀
큰기러기	멧비둘기	중백로	박새
캐나다기러기	물닭	쇠백로	제비
넓적부리	검은머리물떼새	노랑부리저어새	직박구리
알락오리	알락꼬리마도요	저어새	오목눈이
청머리오리	마도요	물수리	붉은머리오목눈이
홍머리오리	청다리도요	물총새	딱새
흰뺨검둥오리	쇠청다리도요	황조롱이	참새
청둥오리	검은머리갈매기	새호리기	노랑할미새
쇠오리	괭이갈매기	때까치	촉새
흰죽지	민물가마우지	물까치	
댕기흰죽지	왜가리	까치	
논병아리	중대백로	까마귀	

총 49종

253

내가 수집한 까마귀과의 깃털

왼쪽부터 순서대로
까치 꽁지깃
물까치 꽁지깃
큰부리까마귀 날개깃(추정)
까치 날개깃

내가 수집한 산새의 깃털

왼쪽부터 순서대로
호랑지빠귀 첫째 날개깃
꿩 깃털(부위 미상)
오색딱따구리 날개깃

모든 새들이 1년에 한 번씩 깃갈이라는 걸 한다. 묵은 깃이 빠지고 새 깃이 자라는 것이다.

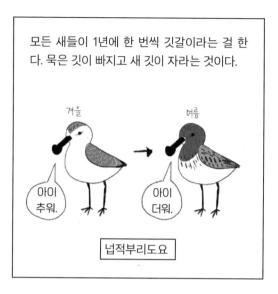

그래서 걷다 보면 길에 떨어진 깃털을 종종 발견하게 된다. 체감상 여름에 더 많이 보이는 듯하다.

나는 이렇게 주운 깃털을 모은다. 가장 많이 볼 수 있는 깃털은 날개깃이다. 날개깃은 보통 한쪽 부분이 마모되어 있다.

날개깃

한쪽만
마모된
모습

호랑지빠귀 / 20xx.5.5 발견

까치 / 20xx.7.16 발견

집비둘기 깃털도 줍곤 하는데, 이 친구들의 날개깃은 마모되지 않은 모습이다. 날지 않기 때문.

머쓱

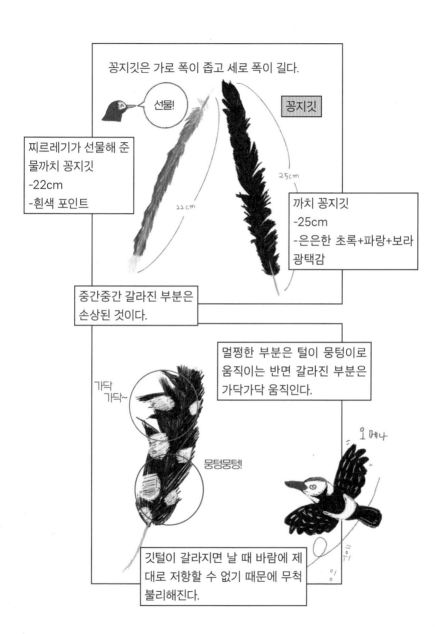

꽁지깃은 가로 폭이 좁고 세로 폭이 길다.

선물!

꽁지깃

찌르레기가 선물해 준
물까치 꽁지깃
-22cm
-흰색 포인트

22cm

25cm

까치 꽁지깃
-25cm
-은은한 초록+파랑+보라
광택감

중간중간 갈라진 부분은
손상된 것이다.

멀쩡한 부분은 털이 뭉텅이로
움직이는 반면 갈라진 부분은
가닥가닥 움직인다.

가닥
가닥~

뭉텅뭉텅!

오메나

깃털이 갈라지면 날 때 바람에 제
대로 저항할 수 없기 때문에 무척
불리해진다.

깃털을 주울 때마다 컬렉션 인벤토리 도감이
채워지는 기분이 든다.

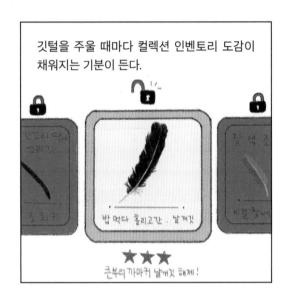

예쁜 여름 철새를 볼 수 있지만, 여름은 다른 계절에 비해 새들의 개체 수가 많이 보이는 편은 아니다.

끼잘

새들도 더워서 쉬러 가나?

소리동정이 필요해..

나무에 잎이 무성해서 못 찾는 것도 있고.

그 대신 녹음이 짙은 이 시기에는 새가 아니더라도 다양한 자연을 탐사할 수 있다.

259

비가 온 뒤 그늘진 곳에서 만날 수 있는 버섯.
오밀조밀한 게 귀엽다.

아마도 낙엽버섯

버섯 동정을 위해서는 꼭 반으로
가른 모습이 필요하다.

넓적사슴벌레와 남색초원하늘소도 종종 보인다.
귀여운 딱정벌레목 친구들.

뿌드득

오호

각종 열매들도 많지만 먹어도 되는지는 미지수다.

오, 미식가의 선택!

저는 지빠귀과가
먹은 건 한번
먹어 봐요.

그 밖에 예쁜 꽃과 나무들 천지다. 새가 없더라
도 그날의 탐사에서 뭐라도 건져 보자.

급 장르 변경

개망초~

능소화 앞에서 찰칵!

참고로 나의 여름 목표는 '두더지 보기'다.

함께 독서모임을 하는 상모솔새 님의 추천으로 한강생물보전연구센터에 다녀왔다.

↖새와 동물 관련 책을 읽는 독서모임 '책책짹짹'의 모임장. 닉네임 '상모솔새'.

다친 새를 구조하는 센터에서는 매주 일요일에 생태학습 강의를 한다. 한국 전통 매사냥을 배우고 매에게 다는 이름표인 '시치미'를 만들 수 있다.

쪼롱이

남의 집 매를 훔친 뒤 모르는 척하는 것을 두고 하던 표현이 바로 '시치미 떼다'.

다양한 사연을 가진 친구들이 이곳에 머물고 있다. 무척 멋진 참매 암컷도 있었는데, 이 친구는 엄마를 잃고 형제와 함께 센터에 오게 되었다고 한다.

참고로 1년이 안 된 참매는 '보라매'라 부르고, 성조가 되면 '수지니'라고 부른다.

전국의 수지니들 다 모여!

다친 조류가 센터로 가장 많이 들어오는 시기는 4~7월이다.

힝...

아기 새들의 이소 시기와 겹치는 데다 장마가 시작될 때이기도 해서 사고가 많이 일어난다고.

* 이소 중인 아기 새는 만지면 안돼요!

체험에 앞서 매사냥의 역사에 대해 간략히 배웠다. 조선 시대에 매사냥은 부의 상징이었다.

매 한 마리의 몸값이 정1품(지금으로 따지면 국무총리)의 월급 3개월 치와 맞먹었다고 한다.

현재 물가로 계산해 보자면 3천만 원 정도.

나는 황조롱이와 사냥 훈련을 함께했다. 센터의 맹금들은 야생으로 돌아가기 위해 매일 50~100번 정도 사냥 훈련을 한다.

이양!

이름: 쪼롱이 / 나이: 1세 미만

장갑을 낀 손에 생고기를 올려놓고 쪼롱이를 부르면 날아와서 고기를 낚아채 간다.

사냥에 성공하면 잘했다고 칭찬해 줘야 한다. 안 하면 서운해하고, 먹이를 실수로 떨어뜨려도 짹짹거리며 타박한다. 의사 표현이 확실한 타입.

쓰다듬어라, 인간!

센터 선생님이 수리부엉이 꿈뻑이도 소개해 주셨다.

꿈뻑이에용

안타깝게 절벽 둥지가 무너지면서 가족을 잃고 날개를 다쳐 날 수 없는 친구였다.

새는 날개가 부러지면 다시 날 수 없다. 그렇기 때문에 꿈뻑이는 센터에서 평생 지내게 되었다.

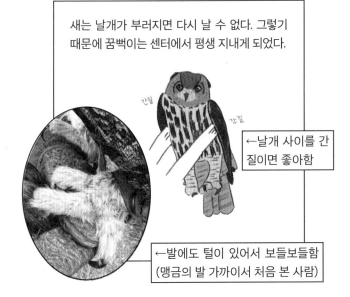

간질

간질

←날개 사이를 간질이면 좋아함

←발에도 털이 있어서 보들보들함
(맹금의 발 가까이서 처음 본 사람)

재활 훈련을 한 뒤 건강해진 친구들은 다시 자연으로 돌려보낸다.

전날에도 여럿 방사했다고 했다. 부디 새들이 자연 속에서 힘들지 않게 살아갔으면.

가을에는 도요새 수만 마리가 유부도를 찾는다. 세계적 멸종 위기종 '넓적부리도요'도 매년 온다.

유부도는 정기 운항선이 없기에 개인적으로 선장님과 연락해서 배를 빌려야 한다.

나는 에코버드투어를 통해 쉽게 갈 수 있었다.

유부도에 도착하자마자 만조 탐조를 시작했다. 바닷물이 점점 차오를 동안 새들이 물을 피해 육지 가까이 오는 순간을 관찰하는 탐조 방식이다.

점점 밀려오는 썰가락 도요들...

의외로 검은머리물떼새 같은 대형 조류가 소형 조류보다 거리를 덜 주었다.

멀리서 사람이 조금만 움직여도 어느새 날아가 버린다.

물이 들어올 때 날아오르는 새의 무리를 보면 마치 눈이 내리는 것 같다. 색종이가 흩날리는 것 같기도 하다. 불꽃놀이보다 장관인 풍경이다.

물새를 관찰할 때는 새들이 탐조인에게 적응하는 시간이 필요하다. 우리가 새에게 무해하다는 것을 인지시키는 과정으로, '순치'라는 표현을 쓴다.

1시간 정도 한자리에 가만히 서 있거나 앉아 있으면서 사소한 움직임도 최소화해야 한다. 절대로 놀라게 해서는 안 된다.

그러면 새들은 자연스럽게 돌아다니며 먹이 활동을 한다. 우리에게는 민물도요와 흰물떼새, 좀도요, 세가락도요, 왕눈물떼새가 다가왔다.

세가락도요는 파도를 타는 것처럼 보인다. 파
도가 지나간 자리에 나타나는 먹이를 찾기 위
해 해안가를 뛰다시피 종종거리는 모습이 장난
꾸러기 같다.

해가 질 때까지 새를 보고 또 보았다. 아무리
보아도 질리지가 않는다.

위대한 자연에 대한 경외심으
로 벅차오르는 마음...

그리고 모두의 목표 종이었던 넓적부리도요를
보았다.

일행 중 가장 어리고 탐조를 시작한 지 얼마 되
지 않은 대학생이 찾은 것이었는데, 선생님 말
씀으로는 넓적부리도요는 늘 탐조 초심자가 행
운처럼 찾아낸다고 한다.

물론 깃털도 잔뜩 주워 왔다.

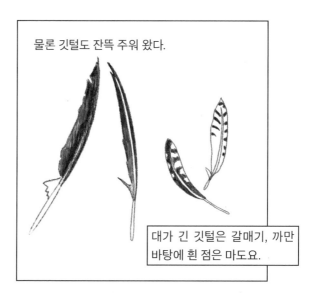

대가 긴 깃털은 갈매기, 까만 바탕에 흰 점은 마도요.

이튿날은 새벽 탐조로 시작했다. 물이 빠지면서 모래밭에서 쉬고 있는 소형 물새들을 볼 수 있었다.

다들 발자국이나 경운기 자국 같은 곳에 하나
씩 자리를 잡아 쉬고 있었다.

찹쌀떡 같음…

귀여워 미쳐…

날이 밝은 후에는 생애 처음으로 갯벌 탐조를
했다. 직접 갯벌로 들어가 새들을 관찰하는 것
이다.

푹푹 빠지네.

난 괜찮은데.

역시 새를 놀라게 하지 않고 순치시키며 관찰
하면 도요들이 사람 옆으로 지나다닌다. 매일
보는 어부 아저씨는 가까이 있어도 전혀 신경
쓰지 않는 모습이었다.

← 조개 잡으시는 어부아저씨

붉은어깨도요와 붉은가슴도요를 보았는데, 이
둘을 육안으로 동정하기는 정말로 어렵다.

붉은가슴도요
연하게 눈썹선이 있는
것 같기도...

붉은어깨도요

갯벌 탐조는 여러모로 색다른 경험이다. 펄도 밟아 보고, 필드스코프가 아닌 맨눈으로 도요를 관찰할 수 있다니.

쌍안경 off

삘 삘 삘...

멀리서 볼 땐 크기 가늠이 어려웠던 도요를 가까이서 보니 정말 작았다.

민물도요가 알락할미새만 하려나? 20cm 정도.

섬에서 나가기 직전에 마지막으로 만조 탐조를 했다. 조용히 관찰하던 중 흰물떼새 하나가 빤히 우리들을 쳐다보았다.

경계하는 게 아니라 뭐 하고 있나 궁금한 눈치였다.

탐조를 할 때 내가 새를 바라볼 뿐 아니라 새도 나를 마주 보는 순간을 경험하게 된다고 하던데, 그 순간이 나에게 온 것 같았다.

탐조인이 유부도에 한번 다녀오면 가을마다 다시 찾게 된다고 한다.

그 이유를 나도 알 것 같다. 황홀한 이 풍경을 오래도록 보고 싶다고, 이 자연을 꼭 지켜야겠다고 생각했다.

유부도에서 본 새들

쇠기러기	꼬까도요	청다리도요	노랑부리저어새
멧비둘기	붉은어깨도요	붉은발도요	저어새
검은머리물떼새	붉은가슴도요	괭이갈매기	매
개꿩	송곳부리도요	민물가마우지	물까치
왕눈물떼새	넓적부리도요	왜가리	개개비사촌(S)
흰물떼새	좀도요	중대백로	직박구리
알락꼬리마도요	세가락도요	노랑부리백로	참새
마도요	민물도요	쇠백로	알락할미새
큰뒷부리도요	뒷부리도요		

총 34종

멸종위기종! 넙적부리 도요를 찾아라
(힌트: 부리가 주걱 같음)

다른 새를 찾아라!

(마도요 vs 알락꼬리마도요)

멸종위기종! 넓적부리 도요을 찾아라 정답

다른 새를 찾아라! 정답

마도요는 알락꼬리마도요
와 다르게 배, 허리, 날개
아래쪽이 하얗다.

작가의 말

어느 날 갑자기 '탐조'가 제 인생에 들어온 이후로 많은 것이 바뀌었습니다. 자연으로 나가 새들과 눈을 마주치는 경험, 새의 이름을 알고 그 이름을 부를 때면 나에게만 특별한 새가 되는 경험. 고요한 자연 속에서 새들과 함께할 때 살아 있다는 느낌이 듭니다. 저마다 생김새가 다르지만 모두 각자의 매력을 지닌 새의 모습을 보면 세상에 미운 사람도 없겠구나 싶습니다. 저 사람은 귀여운 오목눈이 같고, 저 사람은 조금 무섭긴 하지만 멋진 맹금 같구나 속으로 생각하곤 합니다.

가끔 인생이 힘들 때면 이렇게 스스로 다독입니다.
"겨울까지 힘내서 살아 보자. 겨울에 오는 기러기 봐야지."

한 계절 한 계절 만나게 될 새들을 기다리는 것이 삶의 기쁨입니다. 고맙게도 세상에는 새의 종류가 참 많아서 아직도 못 본 새들이 수두룩합니다. 그래서 계속해서 삶을 기대하게 됩니다. 올봄에는 또 어떤 새들을 만나게 될까요. 두근두근합니다. 삶의 순간마다 마주하게 될 새를 기대하는 마음이 무엇인지, 독자 여러분도 알게 된다면 좋겠습니다.

끝으로 『탐조일기』가 나오도록 도와주신 카멜북스 김난아 편집자님, 애정 어린 추천사를 써 주신 정세랑 작가님, 감수를 도와주신 하정문 박사님, 함께 탐조하며 여러모로 도움을 준 대학연합야생조류연구회의 멋진 친구들과 탐조인 선생님들, 새를 보면 항상 사진을 찍어 내게 보내는 귀여운 친구들과 가족, 그리고 공중에 나는 새도 먹이시고 돌보시는 하나님 아버지께 감사드립니다.

2023년 2월
새를 사랑하는 삽사롱 올림

탐조일기

초판 1쇄 발행 2023년 3월 3일
2쇄 발행 2023년 3월 10일

지은이 삽사롱
감수 하정문
펴낸이 이광재

책임편집 김난아
디자인 이창주
마케팅 정가현　　　**영업** 허남, 성현서

펴낸곳 카멜북스　**출판등록** 제311-2012-000068호
주소 서울특별시 마포구 양화로12길 26 지월드빌딩 (서교동 395-7) 3층
전화 02-3144-7113　**팩스** 02-6442-8610　**이메일** camelbook@naver.com
홈페이지 www.camelbooks.co.kr　**페이스북** www.facebook.com/camelbooks
인스타그램 www.instagram.com/camelbook

ISBN 979-11-982198-0-0(03810)

날짜: 20 . .   **위치:**

날씨: ☀ ⛅ ☂ ☁ ☔   **시간:**

Description

*새의 이름을 모를 때, 아래의 가이드에 체크한 후 조류도감에서 비슷한 새를 찾아보세요.

색상:

○ 무늬 있음   ○ 무늬 없음

크기

○ 작다(참새 정도)   ○ 중간   ○ 크다(까치 정도)   ○ 기타:

부리

○ 짧다   ○ 길다   ○ 두껍다   ○ 얇다   ○ 구부러졌다   ○ 휘었다

날개

○ 폭이 좁음   ○ 폭이 넓음

꼬리

○ 갈라짐   ○ 둥긂   ○ 뾰족함

발견 장소

○ 숲   ○ 공원   ○ 강   ○ 바다   ○ 기타:

그 외 특징

날짜: 20 . .   **위치:**

날씨: ☀ ⛅ ☁ 🌧 ⛈   **시간:**

Description

색상:

○ 무늬 있음   ○ 무늬 없음

크기

○ 작다(참새 정도)   ○ 중간   ○ 크다(까치 정도)   ○ 기타:

부리

○ 짧다   ○ 길다   ○ 두껍다   ○ 얇다   ○ 구부러졌다   ○ 휘었다

날개

○ 폭이 좁음   ○ 폭이 넓음

꼬리

○ 갈라짐   ○ 둥긂   ○ 뾰족함

발견 장소

○ 숲   ○ 공원   ○ 강   ○ 바다   ○ 기타:

그 외 특징

날짜: 20 .   .   **위치:**

날씨: ☀️ ⛅ 🌧️ ☁️ 🌫️   **시간:**

Description

....

색상:

○ 무늬 있음   ○ 무늬 없음

....

크기

○ 작다(참새 정도)   ○ 중간   ○ 크다(까치 정도)   ○ 기타:

....

부리

○ 짧다   ○ 길다   ○ 두껍다   ○ 얇다   ○ 구부러졌다   ○ 휘었다

....

날개

○ 폭이 좁음   ○ 폭이 넓음

....

꼬리

○ 갈라짐   ○ 둥긂   ○ 뾰족함

....

발견 장소

○ 숲   ○ 공원   ○ 강   ○ 바다   ○ 기타:

....

그 외 특징

날짜: 20   .   .   **위치:**

날씨: ☀ ⛅ 🌦 ☁ 🌧   **시간:**

Description

....

색상:

○ 무늬 있음   ○ 무늬 없음

....

크기

○ 작다(참새 정도)   ○ 중간   ○ 크다(까치 정도)   ○ 기타:

....

부리

○ 짧다   ○ 길다   ○ 두껍다   ○ 얇다   ○ 구부러졌다   ○ 휘었다

....

날개

○ 폭이 좁음   ○ 폭이 넓음

....

꼬리

○ 갈라짐   ○ 둥글   ○ 뾰족함

....

발견 장소

○ 숲   ○ 공원   ○ 강   ○ 바다   ○ 기타:

....

그 외 특징

날짜: 20 . .   **위치:**

날씨: ☀ ⛅ ☁ 🌧 ☁ 🌫   **시간:**

Description

....

색상:
○ 무늬 있음   ○ 무늬 없음

크기

○ 작다(참새 정도) ○ 중간   ○ 크다(까치 정도) ○ 기타:

부리

○ 짧다   ○ 길다   ○ 두껍다   ○ 얇다   ○ 구부러졌다 ○ 휘었다

날개

○ 폭이 좁음   ○ 폭이 넓음

꼬리

○ 갈라짐   ○ 둥글   ○ 뾰족함

발견 장소
○ 숲   ○ 공원   ○ 강   ○ 바다   ○ 기타:

그 외 특징

날짜: 20   .   .   **위치:**

날씨: ☀ ⛅ ☂ ☁ ☔   **시간:**

Description

색상:

○ 무늬 있음   ○ 무늬 없음

크기

○ 작다(참새 정도)   ○ 중간   ○ 크다(까치 정도)   ○ 기타:

부리

○ 짧다   ○ 길다   ○ 두껍다   ○ 얇다   ○ 구부러졌다   ○ 휘었다

날개

○ 폭이 좁음   ○ 폭이 넓음

꼬리

○ 갈라짐   ○ 둥글   ○ 뾰족함

발견 장소

○ 숲   ○ 공원   ○ 강   ○ 바다   ○ 기타:

그 외 특징

날짜: 20 .   .   **위치:**

날씨: ☀ ⛅ ☁ 🌧 ☁☁   **시간:**

Description

색상:

○ 무늬 있음   ○ 무늬 없음

크기

○ 작다(참새 정도) ○ 중간   ○ 크다(까치 정도) ○ 기타:

부리

○ 짧다   ○ 길다   ○ 두껍다   ○ 얇다   ○ 구부러졌다 ○ 휘었다

날개

○ 폭이 좁음   ○ 폭이 넓음

꼬리

○ 갈라짐   ○ 둥긂   ○ 뾰족함

발견 장소

○ 숲   ○ 공원   ○ 강   ○ 바다   ○ 기타:

그 외 특징

날짜: 20 . .   **위치:**

날씨: ☀ ⛅ ☁ 🌧 🌫   **시간:**

Description

색상:

○ 무늬 있음   ○ 무늬 없음

크기

○ 작다(참새 정도)   ○ 중간   ○ 크다(까치 정도)   ○ 기타:

부리

○ 짧다   ○ 길다   ○ 두껍다   ○ 얇다   ○ 구부러졌다   ○ 휘었다

날개

○ 폭이 좁음   ○ 폭이 넓음

꼬리

○ 갈라짐   ○ 둥긂   ○ 뾰족함

발견 장소

○ 숲   ○ 공원   ○ 강   ○ 바다   ○ 기타:

그 외 특징

날짜: 20 . .   **위치:**

날씨: ☼ ⛅ ☁ ☂ ☁ ☂   **시간:**

Description

....

색상:

◯ 무늬 있음   ◯ 무늬 없음

....

크기

◯ 작다(참새 정도)   ◯ 중간   ◯ 크다(까치 정도)   ◯ 기타:

....

부리

◯ 짧다   ◯ 길다   ◯ 두껍다   ◯ 얇다   ◯ 구부러졌다   ◯ 휘었다

....

날개

◯ 폭이 좁음   ◯ 폭이 넓음

....

꼬리

◯ 갈라짐   ◯ 둥글   ◯ 뾰족함

....

발견 장소

◯ 숲   ◯ 공원   ◯ 강   ◯ 바다   ◯ 기타:

....

그 외 특징

날짜: 20 .   .   **위치:**

날씨: ☀ ⛅ 🌦 🌧 🌩   **시간:**

Description

색상:

○ 무늬 있음   ○ 무늬 없음

크기

○ 작다(참새 정도)   ○ 중간   ○ 크다(까치 정도)   ○ 기타:

부리

○ 짧다   ○ 길다   ○ 두껍다   ○ 얇다   ○ 구부러졌다   ○ 휘었다

날개

○ 폭이 좁음   ○ 폭이 넓음

꼬리

○ 갈라짐   ○ 둥글   ○ 뾰족함

발견 장소

○ 숲   ○ 공원   ○ 강   ○ 바다   ○ 기타:

그 외 특징

날짜: 20 . .   **위치:**

날씨: ☼ ⛅ 🌧 ☁ 🌥   **시간:**

Description

색상:

◯ 무늬 있음   ◯ 무늬 없음

크기

◯ 작다(참새 정도) ◯ 중간   ◯ 크다(까치 정도) ◯ 기타:

부리

◯ 짧다   ◯ 길다   ◯ 두껍다   ◯ 얇다   ◯ 구부러졌다 ◯ 휘었다

날개

◯ 폭이 좁음   ◯ 폭이 넓음

꼬리

◯ 갈라짐   ◯ 둥글   ◯ 뾰족함

발견 장소

◯ 숲   ◯ 공원   ◯ 강   ◯ 바다   ◯ 기타:

그 외 특징

날짜: 20 . .   **위치:**

날씨: ☀️ ⛅ 🌦️ ☁️ 🌧️   **시간:**

Description

색상:

○ 무늬 있음   ○ 무늬 없음

크기

○ 작다(참새 정도)   ○ 중간   ○ 크다(까치 정도)   ○ 기타:

부리

○ 짧다   ○ 길다   ○ 두껍다   ○ 얇다   ○ 구부러졌다   ○ 휘었다

날개

○ 폭이 좁음   ○ 폭이 넓음

꼬리

○ 갈라짐   ○ 둥글   ○ 뾰족함

발견 장소

○ 숲   ○ 공원   ○ 강   ○ 바다   ○ 기타:

그 외 특징

날짜: 20   .   .   **위치:**

날씨: ☀ ⛅ 🌦 ☁ 🌧   **시간:**

Description

색상:

○ 무늬 있음   ○ 무늬 없음

크기

○ 작다(참새 정도)   ○ 중간   ○ 크다(까치 정도)   ○ 기타:

부리

○ 짧다   ○ 길다   ○ 두껍다   ○ 얇다   ○ 구부러졌다   ○ 휘었다

날개

○ 폭이 좁음   ○ 폭이 넓음

꼬리

○ 갈라짐   ○ 둥긂   ○ 뾰족함

발견 장소

○ 숲   ○ 공원   ○ 강   ○ 바다   ○ 기타:

그 외 특징

날짜: 20 . .   **위치:**

날씨: ☀️ ⛅ 🌧️ ☁️ 🌫️   **시간:**

Description

색상:

◯ 무늬 있음   ◯ 무늬 없음

크기

◯ 작다(참새 정도)   ◯ 중간   ◯ 크다(까치 정도)   ◯ 기타:

부리

◯ 짧다   ◯ 길다   ◯ 두껍다   ◯ 얇다   ◯ 구부러졌다   ◯ 휘었다

날개

◯ 폭이 좁음   ◯ 폭이 넓음

꼬리

◯ 갈라짐   ◯ 둥글   ◯ 뾰족함

발견 장소

◯ 숲   ◯ 공원   ◯ 강   ◯ 바다   ◯ 기타:

그 외 특징

날짜: 20 . .   **위치:**

날씨: ☀ ⛅ 🌧 ☁ 🌦   **시간:**

Description

....

색상:

○ 무늬 있음   ○ 무늬 없음

크기

○ 작다(참새 정도)   ○ 중간   ○ 크다(까치 정도)   ○ 기타:

....

부리

○ 짧다   ○ 길다   ○ 두껍다   ○ 얇다   ○ 구부러졌다   ○ 휘었다

....

날개

○ 폭이 좁음   ○ 폭이 넓음

....

꼬리

○ 갈라짐   ○ 둥긂   ○ 뾰족함

발견 장소

○ 숲   ○ 공원   ○ 강   ○ 바다   ○ 기타:

....

그 외 특징

날짜: 20 . .   **위치:**

날씨: ☀️ ⛅ 🌦️ ☁️ 🌫️   **시간:**

Description

색상:

○ 무늬 있음   ○ 무늬 없음

크기

○ 작다(참새 정도)   ○ 중간   ○ 크다(까치 정도)   ○ 기타:

부리

○ 짧다   ○ 길다   ○ 두껍다   ○ 얇다   ○ 구부러졌다   ○ 휘었다

날개

○ 폭이 좁음   ○ 폭이 넓음

꼬리

○ 갈라짐   ○ 둥긂   ○ 뾰족함

발견 장소

○ 숲   ○ 공원   ○ 강   ○ 바다   ○ 기타:

그 외 특징

날짜: 20 . .   **위치:**

날씨: ☀ ⛅ 🌧 ☁ 🌩   **시간:**

Description

색상:

○ 무늬 있음   ○ 무늬 없음

크기

○ 작다(참새 정도)   ○ 중간   ○ 크다(까치 정도)   ○ 기타:

부리

○ 짧다   ○ 길다   ○ 두껍다   ○ 얇다   ○ 구부러졌다   ○ 휘었다

날개

○ 폭이 좁음   ○ 폭이 넓음

꼬리

○ 갈라짐   ○ 둥긂   ○ 뾰족함

발견 장소

○ 숲   ○ 공원   ○ 강   ○ 바다   ○ 기타:

그 외 특징

날짜: 20 . .   **위치:**

날씨: ☀ ⛅ ☁ 🌥 🌧   **시간:**

Description

색상:

○ 무늬 있음   ○ 무늬 없음

크기

○ 작다(참새 정도)   ○ 중간   ○ 크다(까치 정도)   ○ 기타:

부리

○ 짧다   ○ 길다   ○ 두껍다   ○ 얇다   ○ 구부러졌다   ○ 휘었다

날개

○ 폭이 좁음   ○ 폭이 넓음

꼬리

○ 갈라짐   ○ 둥긂   ○ 뾰족함

발견 장소

○ 숲   ○ 공원   ○ 강   ○ 바다   ○ 기타:

그 외 특징

날짜: 20 .   .   **위치:**

날씨: ☀ ⛅ 🌦 🌫 🌥   **시간:**

Description

....

색상:

◯ 무늬 있음   ◯ 무늬 없음

....

크기

◯ 작다(참새 정도) ◯ 중간   ◯ 크다(까치 정도) ◯ 기타:

....

부리

◯ 짧다   ◯ 길다   ◯ 두껍다   ◯ 얇다   ◯ 구부러졌다 ◯ 휘었다

....

날개

◯ 폭이 좁음   ◯ 폭이 넓음

....

꼬리

◯ 갈라짐   ◯ 둥긂   ◯ 뾰족함

발견 장소

◯ 숲   ◯ 공원   ◯ 강   ◯ 바다   ◯ 기타:

....

그 외 특징

날짜: 20 . . **위치:**

날씨: ☀️ ⛅ 🌦️ ☁️ 🌧️ **시간:**

Description

색상:

○ 무늬 있음　　　○ 무늬 없음

크기

○ 작다(참새 정도)　○ 중간　　　　○ 크다(까치 정도)　○ 기타:

부리

○ 짧다　　　○ 길다　　　○ 두껍다　　○ 얇다　　○ 구부러졌다　○ 휘었다

날개

○ 폭이 좁음　　○ 폭이 넓음

꼬리

○ 갈라짐　　　○ 둥긂　　　○ 뾰족함

발견 장소

○ 숲　　　　○ 공원　　　○ 강　　　○ 바다　　　○ 기타:

그 외 특징

날짜: 20 . .   **위치:**

날씨: ☀️ ⛅ 🌧️ ☁️ ☁️   **시간:**

Description

....

색상:

⭘ 무늬 있음   ⭘ 무늬 없음

크기

⭘ 작다(참새 정도) ⭘ 중간   ⭘ 크다(까치 정도) ⭘ 기타:

부리

⭘ 짧다   ⭘ 길다   ⭘ 두껍다   ⭘ 얇다   ⭘ 구부러졌다 ⭘ 휘었다

날개

⭘ 폭이 좁음   ⭘ 폭이 넓음

꼬리

⭘ 갈라짐   ⭘ 둥긂   ⭘ 뾰족함

발견 장소

⭘ 숲   ⭘ 공원   ⭘ 강   ⭘ 바다   ⭘ 기타:

그 외 특징

날짜: 20   .   .   **위치:**

날씨: ☀️ ⛅ 🌧️ ☁️ 🌦️   **시간:**

Description

색상:

○ 무늬 있음   ○ 무늬 없음

크기

○ 작다(참새 정도)   ○ 중간   ○ 크다(까치 정도)   ○ 기타:

부리

○ 짧다   ○ 길다   ○ 두껍다   ○ 얇다   ○ 구부러졌다   ○ 휘었다

날개

○ 폭이 좁음   ○ 폭이 넓음

꼬리

○ 갈라짐   ○ 둥긂   ○ 뾰족함

발견 장소

○ 숲   ○ 공원   ○ 강   ○ 바다   ○ 기타:

그 외 특징

날짜: 20 . .   **위치:**

날씨: ☀ ⛅ 🌦 🌥 🌥   **시간:**

Description

....

색상:

○ 무늬 있음   ○ 무늬 없음

크기

○ 작다(참새 정도)   ○ 중간   ○ 크다(까치 정도)   ○ 기타:

부리

○ 짧다   ○ 길다   ○ 두껍다   ○ 얇다   ○ 구부러졌다   ○ 휘었다

날개

○ 폭이 좁음   ○ 폭이 넓음

꼬리

○ 갈라짐   ○ 둥긂   ○ 뾰족함

발견 장소

○ 숲   ○ 공원   ○ 강   ○ 바다   ○ 기타:

그 외 특징

날짜: 20 . .   **위치:**

날씨: ☀ ⛅ 🌦 🌧 ☁ 🌨   **시간:**

Description

색상:

○ 무늬 있음   ○ 무늬 없음

크기

○ 작다(참새 정도) ○ 중간   ○ 크다(까치 정도) ○ 기타:

부리

○ 짧다   ○ 길다   ○ 두껍다   ○ 얇다   ○ 구부러졌다 ○ 휘었다

날개

○ 폭이 좁음   ○ 폭이 넓음

꼬리

○ 갈라짐   ○ 둥긂   ○ 뾰족함

발견 장소

○ 숲   ○ 공원   ○ 강   ○ 바다   ○ 기타:

그 외 특징

날짜: 20 . .   **위치:**

날씨: ☀ ⛅ 🌧 🌥 🌩   **시간:**

Description

색상:

○ 무늬 있음   ○ 무늬 없음

크기

○ 작다(참새 정도) ○ 중간   ○ 크다(까치 정도) ○ 기타:

부리

○ 짧다   ○ 길다   ○ 두껍다   ○ 얇다   ○ 구부러졌다 ○ 휘었다

날개

○ 폭이 좁음   ○ 폭이 넓음

꼬리

○ 갈라짐   ○ 둥긂   ○ 뾰족함

발견 장소

○ 숲   ○ 공원   ○ 강   ○ 바다   ○ 기타:

그 외 특징

날짜: 20 . . **위치:**

날씨: ☀ ⛅ 🌦 ☁ 🌧 **시간:**

Description

색상:

○ 무늬 있음　　　○ 무늬 없음

크기

○ 작다(참새 정도)　○ 중간　　　○ 크다(까치 정도)　○ 기타:

부리

○ 짧다　　○ 길다　　○ 두껍다　　○ 얇다　　○ 구부러졌다　○ 휘었다

날개

○ 폭이 좁음　　○ 폭이 넓음

꼬리

○ 갈라짐　　○ 둥글　　○ 뾰족함

발견 장소

○ 숲　　　○ 공원　　　○ 강　　　○ 바다　　　○ 기타:

그 외 특징

날짜: 20 .   .   **위치:**

날씨: ☀ ⛅ 🌧 ☁ 🌦   **시간:**

Description

. . . .

색상:

◯ 무늬 있음   ◯ 무늬 없음

. . . .

크기

◯ 작다(참새 정도)   ◯ 중간   ◯ 크다(까치 정도)   ◯ 기타:

. . . .

부리

◯ 짧다   ◯ 길다   ◯ 두껍다   ◯ 얇다   ◯ 구부러졌다   ◯ 휘었다

. . . .

날개

◯ 폭이 좁음   ◯ 폭이 넓음

. . . .

꼬리

◯ 갈라짐   ◯ 둥긂   ◯ 뾰족함

발견 장소

◯ 숲   ◯ 공원   ◯ 강   ◯ 바다   ◯ 기타:

. . . .

그 외 특징

날짜: 20 . .   **위치:**

날씨: ☀ ⛅ 🌧 ☁ 🌦   **시간:**

Description

색상:

○ 무늬 있음   ○ 무늬 없음

크기

○ 작다(참새 정도)   ○ 중간   ○ 크다(까치 정도)   ○ 기타:

부리

○ 짧다   ○ 길다   ○ 두껍다   ○ 얇다   ○ 구부러졌다   ○ 휘었다

날개

○ 폭이 좁음   ○ 폭이 넓음

꼬리

○ 갈라짐   ○ 둥글   ○ 뾰족함

발견 장소

○ 숲   ○ 공원   ○ 강   ○ 바다   ○ 기타:

그 외 특징

날짜: 20 . .   **위치:**

날씨: ☀ ⛅ 🌦 ☁ 🌧   **시간:**

Description

색상:

○ 무늬 있음   ○ 무늬 없음

크기

○ 작다(참새 정도)   ○ 중간   ○ 크다(까치 정도)   ○ 기타:

부리

○ 짧다   ○ 길다   ○ 두껍다   ○ 얇다   ○ 구부러졌다   ○ 휘었다

날개

○ 폭이 좁음   ○ 폭이 넓음

꼬리

○ 갈라짐   ○ 둥글   ○ 뾰족함

발견 장소

○ 숲   ○ 공원   ○ 강   ○ 바다   ○ 기타:

그 외 특징

날짜: 20   .   .　　　　　　**위치:**

날씨: ☀ ⛅ ☂ ☁ ☔　　　**시간:**

Description

색상:

○ 무늬 있음　　　　○ 무늬 없음

크기

○ 작다(참새 정도)　○ 중간　　　○ 크다(까치 정도)　○ 기타:

부리

○ 짧다　　○ 길다　　○ 두껍다　　○ 얇다　　○ 구부러졌다　○ 휘었다

날개

○ 폭이 좁음　　○ 폭이 넓음

꼬리

○ 갈라짐　　　○ 둥긂　　　○ 뾰족함

발견 장소

○ 숲　　　　○ 공원　　　○ 강　　　○ 바다　　　○ 기타:

그 외 특징

날짜: 20 . . **위치:**

날씨: ☀ ⛅ 🌧 🌩 🌧 **시간:**

Description

색상:

◯ 무늬 있음   ◯ 무늬 없음

크기

◯ 작다(참새 정도) ◯ 중간   ◯ 크다(까치 정도) ◯ 기타:

부리

◯ 짧다   ◯ 길다   ◯ 두껍다   ◯ 얇다   ◯ 구부러졌다 ◯ 휘었다

날개

◯ 폭이 좁음   ◯ 폭이 넓음

꼬리

◯ 갈라짐   ◯ 둥긂   ◯ 뾰족함

발견 장소

◯ 숲   ◯ 공원   ◯ 강   ◯ 바다   ◯ 기타:

그 외 특징

날짜: 20 .   .   **위치:**

날씨: ☀ ⛅ 🌦 ☁ 🌧   **시간:**

Description

....

색상:

○ 무늬 있음   ○ 무늬 없음

크기

○ 작다(참새 정도)   ○ 중간   ○ 크다(까치 정도)   ○ 기타:

부리

○ 짧다   ○ 길다   ○ 두껍다   ○ 얇다   ○ 구부러졌다   ○ 휘었다

날개

○ 폭이 좁음   ○ 폭이 넓음

꼬리

○ 갈라짐   ○ 둥긂   ○ 뾰족함

발견 장소

○ 숲   ○ 공원   ○ 강   ○ 바다   ○ 기타:

그 외 특징